U0626427

李家伟 著

青春

有泪

QINGCHUN YOULEI

青春是一道光，
刺痛了灵魂，也带来了希望。
青春是小清新的，也是重金属的。
青春是轻轻吟唱的一支催泪民谣，
也是一场笨拙然而给力的摇滚。
——欢子语录

成都时代出版社
CHENGDU TIMES PRESS

图书在版编目（CIP）数据

青春有泪 / 李家伟著. -- 成都：成都时代出版社，2019.11

ISBN 978-7-5464-2514-6

Ⅰ.①青… Ⅱ.①李… Ⅲ.①长篇小说—中国—当代 Ⅳ.①I247.5

中国版本图书馆CIP数据核字(2019)第223157号

青春有泪

QINGCHUN YOULEI

李家伟　著

出 品 人　李若锋
责任编辑　张　旭
责任校对　周　慧
装帧设计　半悦兰堂
　　　　　〔BANYUE LANTANG〕
责任印制　李茜蕾

出版发行　成都时代出版社
电　　话　（028）86621237（编辑部）
　　　　　（028）86615250（发行部）
网　　址　www.chengdusd.com
印　　刷　朗翔印刷（天津）有限公司
规　　格　170mm×240mm
印　　张　13.75
字　　数　180千字
版　　次　2020年4月第1版
印　　次　2020年4月第1次印刷
书　　号　ISBN 978-7-5464-2514-6
定　　价　68.00元

目 录

01

青春是一道光，刺痛了灵魂，也带来了希望。青春是小清新的，也是重金属的。青春是轻轻吟唱的一支催泪民谣，也是一场笨拙然而给力的摇滚。

——欢子语录

那年我做得最漂亮也最脑残的一件事，就是效仿谢霆锋的表演，把我们寝室最贵重的财产——已经掉漆的一把二手吉他——摔在学校大礼堂的舞台上面，害得我为了还债，吃了一个月的方便面。我可怜的耳膜被那些如花似玉的女大学生的尖叫声猛烈袭击了。台下最响亮的一句话就是："哇，他好有型啊！"

我晚上于黑灯瞎火中回顾舞台上激情燃烧那一幕，想到了女生们的脸蛋，还有一些人生哲理。摔吉他这个行为，对于青春的躯壳而言，或许不是在表达一种真实的快感，而是在表达一种无明的怒火。

颜值这件事，我认为当事人是没什么发言权的，而且我也不是特别关注外表的人。男人也好，女人也好，终究还是要靠内在的东西立身的。因为有这些想法，所以那些女生的激动表现在我眼中就像是一种集体狂躁症的表现，或者是对某种莫名其妙的审美元素的饥渴。那次表演以后，每当我早晨在校园里跑步时，都有不知姓名的女生跟我打招呼，我也只好挥手致意。我的女生缘一向很好，这点让很多师兄弟羡慕不已。我是怎么做到的，我也不清楚，可能这方面或多或少也存在一种天分吧，或者我的雄性磁场比较强大也未可知。我的一些冷艳的师姐和妩媚的师妹都对我印象不错，不时地有陌生的女生要求加我微信，而且一上来就表现出了出乎意料的热情，比如要请我吃饭、唱歌或者看电影。我要说我都烦死了，你们肯定说我矫情，身在福中不知福。但是事实上，我是真的被这些突如其来的所谓罗曼蒂克的美好生活给冲击得六神无主了。再说，我心里已经装了一个人，容不下第二个了。

我是北茂大学中文系的学生，我叫乔欢，被女生们封为人文学院第一帅哥。虽说我的名字有点中性，但我的的确确是个纯爷们。我们宿舍成员几乎都喜欢玩网游，而我是最热衷的那个。我也知道这是浪费生命，但我就是欲罢不能。这些天我一直浑身无力，可能是上周连续三昼夜奋战在网游世界所致，唉，差点儿玩残了自己。现在我依然头晕眼花，脑袋发沉，脚轻飘飘的，像一朵云，无法牢牢地钉住地面。我只能匍匐或仰躺在床，这样才舒服一些。眼看八块腹肌打了五折，我还是没心思去健身。我想，不能这样下去了，应该开发一下比网游更有魅力的"事业"了，只有转移注意力才能把我从这种浑噩状态中解救出来。

我颓废不堪，却又心情悸动，这是怎么回事？因为我暗恋着音乐系的余思雅。虽然我只在路上见过她一次，但我对她一见钟情。

郝东知道我每天为什么不思茶饭，为了促成一桩美事，也为了打发他过分充裕的时间，他费尽心机，打听到了余思雅寝室的电话号码。他扬扬得意地对我说："这种事还得兄弟我出马。"我佯装不悦，怕这小子自恃立功，向我讨好处。

郝东瞧出弄不到什么好处，神情顿时沮丧下来，像泄了气的皮球。他把写有余思雅寝室电话的破纸片儿往桌上一扔，打算去睡午觉，这时，隔壁寝室的徐亮来了，他揪起郝东，央他一起去打台球。郝东最怕别人求他，一求心就软，于是放弃午睡，与徐亮出了寝室。临走时他冲着吐烟圈儿的我说："老二，上点儿心吧，自己的事儿怎么就不着急呀！"我不搭话，心里说："你少跟我套近乎。"

郝东这小子，是天生陪别人玩儿、陪别人干事儿的主。一天，我俩刚洗澡回来，徐亮就来了，死活拽着郝东又去洗了一遍。开始郝东犹豫不决，徐亮假装急了，喊道："是不是哥们儿？"这话把郝东弄得一愣，他缓了缓神，点头说："是哥们儿，是哥们儿，走走走！"徐亮乐了，拍拍他湿漉漉的脑袋说："这就对了，反正你小子时间有的是，多洗几遍，美容嘛！"

徐亮和郝东走后，我给余思雅寝室拨了电话，拨了两次，均无人接听，估摸是上课去了。胡思乱想了一会儿，我又拨了一次电话，还是无人接听。放下电话，我揉揉太阳穴，然后硬撑着起床。我抓起一件外套晃晃悠悠下楼买烟，突然想起该理发了，伸手一摸，头发乱蓬蓬的，这哪像要谈恋爱的样子！于是，我买好烟，就去了理发店。

回到寝室，老六郝东对我的新发型赞不绝口，直到我有点儿不耐烦了，他才露出真面目，他想向我借点儿钱，说已经弹尽粮绝，家里的汇款还得等等。我摸出发瘪的钱夹，数出二百递过去，说："兄弟我也紧着呢，别嫌少，实在不够你再说话。"他一脸窘态，接过钱说："每次缺钱都是你救我，欢哥，等我富裕了一定请你吃饭。"

我摆摆手说："小事，小事。"

郝东有点儿不好意思，诚恳地讲："一定要请，不然我总觉着对不住你。"

说是这么说，到了毕业他才把这顿饭落实。

到了晚上，全寝集资，在寝室里喝啤酒。这时我来了精神，我喝光两瓶之后，在大家的怂恿下，也趁着头脑清醒，给余思雅寝室又拨了电话。电话那头稚嫩的女声："喂！你找谁？"

"我找你们寝余思雅。"

"五姐，有人找你！"

"谁呀，这么晚了，烦人！……喂，我是余思雅。"

"我知道你是余思雅，但是，有点不公平，你可能没听过我的大名。"

余思雅笑声悦耳，适可而止，她说："像你这样的男生我见得多了，动不动就打骚扰电话，你不是音乐系的吧？"

"高！何以见得？"

"音乐系男生的声音我都听得出，你不是，肯定不是。"

"不错，开门见山吧，我是中文系才子乔欢，你别太过惊讶哈，虽然我名气很大，但我敢保证，我对任何人都心态平和，不摆架子，当然，你的名气也很大，鄙人久仰你的芳名，很想与你交个朋友，不知余思雅同学肯否？"

"你能不能不吹牛呀，说话不要卖弄风雅。"

"那太好了，咱们就开放一点吧，约个时间，见一次面，详谈一下如何？"

"有什么谈的呀，我又不认识你，中文系的名人我怎么没听说过你呀？"

"看看，看看，重大遗漏，重大遗漏啊！"寝室哥们儿哄堂大笑，余思雅在电话里也笑了。

我说："就这么定了，明天下午四点，我在你们寝室楼下等你。"

余思雅显然放松了不少，她的声音柔和了些："看来你这个家伙还有点儿意思，那好吧！你叫什么？"

"乔欢，非常好记，大侠乔峰的乔，欢乐的欢，不见不散！"

我怕余思雅反悔，急急忙忙挂断电话，和兄弟们继续开怀畅饮。他们起哄了好一阵子，惊天动地，在黑夜里传出很远，狼听见了也会战栗。

晚上我辗转反侧，心潮澎湃，幸亏酒精发了威，我在兴奋中进入梦乡。早上醒来，我觉着自己一晚上都保持着迷人的微笑，不然，腮帮子怎么这么累呢！

　　我们寝室共六个人。没课的时候，他们几个去打台球，寝室成了我一个人的房间。太安静了，反倒睡不着，早晨听着一群人手忙脚乱的声音我才睡得香。人一走，我就被空虚占领了。斜卧着，抽了几支烟，我才下床洗漱。

　　洗漱完毕，我把换下的衣服装进一个大塑料袋，拿到楼下的洗衣店。之后去吃包子、喝豆浆，最后又干掉两个茶叶蛋，顿觉精神抖擞，跟茶叶蛋似的满面红光。吃过早饭，我做的第一件正事是用手机下载了几本书，有《挪威的森林》《嫌疑人X的献身》《追风筝的人》等等。何良跟我推荐过无数次了，我一直没看。一问，大家都能七嘴八舌地评上几句，我一言不发，这岂不是中文系才子的笑话！所以，得赶紧补课。

　　老大名叫王德山，家住近郊农村，乘火车到学校仅两站地。这个人老实巴交，为人实在，爱好无非是篮球、散打、健身。老大的长处是四肢比别人长，打篮球优势很大。开学后没多久，出于对武术的共同爱好，我和他一起报了体育老师介绍的散打培训班。后来他参加省市比赛还得了几次奖。

　　我们一起练散打，进步特别快。我在练散打的同时还练了半年拳击，搏击的综合技术我比他要全面。我的不足就是没他那么勤奋。

　　老大平时不苟言笑，一副拒人千里之外的表情，其实他脾气好着呢，在我们这个"混蛋"云集的寝室，我们总欺负他，让他多干活，他基本不反抗，反抗也就是说一句"我又吃亏了，你们这帮兔崽子"。不过别看他在宿舍里怂，一旦我们寝室谁受了欺负，往往是他第一个出面摆平。文斗的工作何良去做，武斗的工作老大包了。他一个人对付对方一个寝室的人不成问题。

老大心肠好，谁的话都信，他甚至不知道愚人节这回事。

大一愚人节那天，我们告诉他，他一直心仪的那个女生在图书馆南侧的长廊约他见面，时间是晚上八点。他果然信了，被我们精心包装了一番之后，羞涩地离开了寝室。他说他的皮鞋从没这么亮过，是老四何良用窗帘给他擦的。

八点半他回来了，脸色阴沉，我们知道玩笑开大了，他不声不响，只是吸烟，半夜时，我们听到他的床传来令人惊悚的啜泣声。第二天早上他把一只木头凳子砸成了一堆木条。从此，没人敢欺骗老大。

同寝室哥们儿对老大始终怀有愧疚。

不过老大那天打扮得真的够潇洒、够酷，有人见到他等待幻影那一幕，他右手插在裤袋里，一会儿望天，一会儿低首。那情状，真有忧郁王子的范儿。凡是有点儿人情味的女生都可能会被那痴痴的身影所打动。

老大看不惯他的弟弟们混乱不堪的生活方式，但他只是看在眼里，从来不说。他四年如一日坚持晨跑，风雨无阻，这在全校是绝无仅有的，这一点我十分佩服。他轻松地拿了四届全校冬季越野赛冠军，这是我们意料之中的事。

可惜他在学业上极不成功，他补习过两次才考到这里。到了大学后，他为了减轻家庭负担，拼命争取那微薄的奖学金，却屡屡失败。他本可以申请特困生救助金，可他认为领那份儿钱是耻辱，他宁可去做家教自个撑。

毕业后，他回到家乡，那里有他执着的信念。这是他早就计划好的，考研失败就回农村教书。他真就这么做了。

大学这个环境虽然也教些让人更愚的东西，但总体上的自由足以让我们欣喜若狂。

我懒惰至此，完全是对高中上紧发条生活的补偿。是生活欠了我的觉，我现在连本带息要收回了。我不能被环境所愚，我要自我主宰。

晚上，我们经常聊到各系的漂亮女生，对她们的外貌和举止进行仔细评点。

老四何良聊到激动的时候，发出人妖一样的贱腔调说："你们这群流氓，不要打搅妹妹我睡觉。"

于是，笑声传到走廊里，引得其他寝室的兄弟趁倒洗脚水的时候往门缝里窥探，以为谁中彩票了呢！

烟雾弥漫，红塔山、红河和小熊猫的余烟在空气里交流碰撞，烟头忽明忽暗，不知什么时候，呼噜声、放屁声、磨牙声、梦中呓语错杂在一起，烟味、汗脚味、屁味交织在一处。好在昏睡之中，嗅觉和听觉是麻木的。

追求余思雅的顺利出乎我的意料，可能真的如老四何良评价的："这两个狗男女臭味相投。"

听了这样的评价，我是不会生气的，因为他说的至少证明我和余思雅有共同语言。再者，我是不知道什么叫脸面的，一个人不在乎脸面了也可以心平气和，有点类似于死猪不怕开水烫。

六月的天气已是闷热异常，大概只有蚂蚁还在充满活力地四处活动。风也懒得刮，偶尔一阵小凉风袭来，让人舒服得要死。

下午四点和余思雅约会，我三点就坐不住了，先是为穿什么衣服踌蹰了好一阵子，我翻箱倒柜直到招来骂声才住手，找了一条半新的牛仔裤，配一件白色纯棉T恤，加上白色运动鞋。头发有点愣，凑合着吧！余思雅，有什么了不起，你以为你是谁！老子非打扮那么帅干吗？就这么着吧！这已经是我始无前例的自我包装了。多少有点儿奔赴浪漫爱情、恋爱前线的美好感觉。我有点儿不认得自己了，这次状态真的有点反常。我做了几次深呼吸，将T恤塞进裤腰又掏了出来。

还有半个小时，慌个屁，先抽支烟，稳定稳定情绪。胡子今天就保留着吧，多爷们儿啊！

老五唐季睡了一下午，这时起来撒尿，他揉揉兔子似的眼睛瞅我一眼说："老二要出嫁了吧？收拾这么利索！真是太阳从西边冒出来啦……"

我从鼻腔里哼了一声，没搭理他。唐季是有名的铁公鸡，我最看不惯这种人。有一次他说请我吃包子，我一琢磨，虽然食物简单朴素了点，但毕竟是人家一番心意，那就去吧。结果吃光了后，唐季擦擦嘴说："哎呀，老二，你看我这记性，我下楼匆忙忘记带钱了……要不等回去我还你？"

我说："没事没事，我请你不一样嘛！"

后来唐季用同样招数又在老大身上故伎重施，老大惊疑地问他："今儿不是愚人节吧？"

唐季乐了，露出两颗出众的门牙说："山哥，要是愚人节我能就吃你几个包子嘛！"

老大本分，什么都不计较。不过此后，谁都防着唐季三分。唐季在寝室被孤立，只有去结交别的寝室的朋友，什么系的都有。他动不动打电话邀来一两个，一聊就是几个小时，弄得别人休息不好，看书不成，又不能恼，心里恨透他啦。他后来变本加厉，找几个人来打麻将，一打就是通宵，这下大伙忍无可忍，老大用麻将布兜起麻将呼啦一下扔出窗外，楼下传来清脆的噼里啪啦声。其他兄弟对他和他的几个狐朋狗友也是怒目而视。他屁也没敢放，下楼捡麻将去了。

有的人不能惯着，比如唐季，你对他硬，他就收敛许多。后来这家伙得了精神病，我们感慨不已，又开始同情他了。这是后话。

我提前十分钟下楼，嘴里嚼着口香糖，奔余思雅她们的宿舍楼去了。很近，不过是一两百步。到了她们楼下，我摆了一个酷呆了的姿势站定，东张西望。心想：头顶这座楼定是春光无限哪！果然，不少窗户里边挂着五颜六色的乳罩和短裤，甚是醒目，足以撩起像我这样内心不太平静的男生无尽的遐想。我对女孩的熟悉仅限于外表，她们想了什么鬼才知道。

我正想入非非的时候，余思雅向我走来了，我原以为她会冷若冰霜，没想到她是笑意盈盈的。我立刻信心倍增。她穿着淡蓝色的短裙，乳白色大开领的短袖衫，发育成熟的身材十分触目。丰腴动人的余思雅近在眼前，我刹那间有些不知所措。

她淡淡地说："你挺准时的。"

我说："你也是……你真漂亮。"

余思雅妩媚一笑："我们随便走走吧。"

沿着一条花团锦簇的青石甬路，我们朝体育馆的方向走去，蜂蝶飞舞，花香扑鼻。树木呈现出深绿色，微风拂来，树的枝条与地面上的影子一道摇曳，尽显婆娑之美。我走出内心的悸动与羞涩，走向梦幻与希望。我发现，恋爱的那种强烈的感觉会轻而易举地让人完成由狼到羊的转变。我对余思雅，肉体的占有欲渐渐变淡，变得缥缈，取而代之的是交谈的愿望。我的心扉愿意为她敞开，只是找不到突破口。

我问："你上网时都喜欢干什么？"

"过去聊天聊得多，现在就是听音乐、看电视剧了，有些古装剧真是太要命，我一集接一集地看，总是哭得很惨。"

"你太善良了。善良的人一般抵挡不了煽情的剧情。"

"是呀，我根本抵挡不了。"

"那说明你心肠软嘛，像我这么心肠硬的人才不会哭呢！我长这么大，就没怎么哭过。"

"那我俩正相反。你说你心肠硬，是指哪方面呢？"

"只是这么感觉，我想我有时就是想冲什么东西发狠、发狂、发坏。"

"比如？"

"比如有一次我心情不好，把一只沙袋都踢漏了。"

"天哪！你太霸道了！"

"我是说以前，现在早改了。我是个独来独往放纵不羁的人，有时候过分孤独了。幸亏我热爱音乐，孤独也就没有那么可怕了。"

余思雅不屑地笑了，她仰着头说："你还挺脆弱呢，看不出来嘛，有点像我弟弟。"

"你弟弟？"

"对，我还有个弟弟，正读高中呢。他就总是说生活没劲，无聊得很，幸亏有音乐。他还背着我爸妈吸烟呢，小小年纪就无法无天了，给女生写肉麻纸条，我爸妈管不了他……"

"索性不管，让他自由发展好了。"

"是啊。"

"他喜欢什么风格的歌曲？"

"嘻哈。"

"嗬，还挺潮嘛！"

"潮什么呀，胖得跟猪似的。"余思雅说完，我们都笑了。

"一起喝杯咖啡吧？"我提议。

"嗯，去哪一家？"

"去水中月吧。"

"那家我也常去的，我喜欢那里的气氛，很安静、优雅，你也喜欢？"

"当然了。"

水中月是西门外有名的咖啡屋，本地大学生不知道这个去处的太少了。在朦胧如雨轻柔如虹的氛围里，人容易产生回忆，更容易想入非非，我一厢情愿地认为余思雅的眼神含情脉脉，秋波闪动，是对我产生了爱慕之情。我轻轻地问她："想什么呢？"

没想到，她的眼泪簌簌落下。我止住好奇心，说了些安慰她的话。

后来余思雅解释流泪的原因，是想起了前男友，一个体育系的高大健硕的男生。

那男生我在健美操比赛上见过，小伙子很阳光，肌肉发达，动感十足，活力四射，让热爱健美的男生羡慕不已，女生们更是盯到肉里去了。

余思雅说她有点动心，主动接近他，去篮球场看他打球，给他捡球，为他鼓掌，他对眼前丰满媚气的她也是怦然心动，两个人很快就熟识了。这个男生是个老手，甩了不知多少个漂亮美女，在大学里以"花心"闻名。

余思雅不相信，误以为自己赢得了爱情。她说："我为这个男生堕了一次胎之后，他又喜欢上了一个美术系的女生，并很快同居。我心目中的白马王子瞬间成了我最不想见的人，我开始后悔，想忘记他，可无济于事。我只能面对现实，靠堕落来发泄自己，天天晚上酗酒，在迪厅险些被一流氓欺负。我不再相信爱情。"她停顿了一下，又说："男人都是用下半身思考的动物。"

"你这话有点绝对吧，难不成我也是？"我问她。

"你也好不到哪儿去，好男人早死光了。"

"观察一段时间再下结论嘛。我对你是很认真的。"

"我可是很复杂的。"余思雅神秘而俏皮地看了我一眼，快步走向前去。我追了上去。

和余思雅接触了几次之后，我发现她对我的接纳介于痛苦与快乐之间，确切地说，她想通过我遗忘一些事情，忘却她对纯真浪漫的幻想。我只不过是她随手抓来的一个玩偶，而非爱情的所属。无论我怎样努力，都无法抚平她心灵的创伤，似乎也取代不了谁。

"就那么忘不了他？他又不是你初恋！"

"那是我第一次动真感情！"

"你太傻了，你这么做不值。"

"为什么？"

"没有为什么，你就是一傻货，让人玩了还不反省。"

"你骂我？"

"我是生那小子的气，要不，揍他一顿？"

"得了吧你！哼，说我傻，你也没聪明到哪儿去！"

那是第三次约她见面。我们在外面疯狂了一夜，地点是一家歌舞城的包厢，我们合唱了《因为爱情》和《你最珍贵》之后，各干了一瓶啤酒，真是痛快！

时机成熟了，我肆无忌惮地吻她，她矜持不住了，寻找我的舌头，像寻找失散已久的伙伴。

我和余思雅进入了为期一个月的同居生活。可一个月后，我们各走各路。这是我始料不及的。欢娱总是短暂的，刻骨铭心的痛苦才是漫长的。

在我们寝室，我是第一个宣布有了正式女友的，所以成了焦点，他们纷纷向我取经，向我祝贺，向我索要礼物——有福同享嘛！

我说："都滚！没听说过谈恋爱是很费钱的吗？别再叫兄弟我破费啦！不是请你们吃过雪糕了嘛！"

"才一根雪糕就把兄弟打发啦，老二你行！"

我说："还叫我怎么大方？难道给你们一人买一双皮鞋不成？"

郝东说："这个我不反对。"

"傻瓜才会反对。"

我摇头苦笑。

何良拍拍我肩膀说："二哥，我看吃亏的是你，余思雅现在跟你好，但我坚决不认她这个嫂子，谁不知道她的名声有多差！我要承认她是二嫂，咱寝弟兄的脸可往哪儿放啊！"

我被气乐了，说："放你裤裆里面就好了，你跟着操什么心！我告诉你，余思雅她纯着呢！"

说罢，我突出重围，离开寝室。这帮哥们儿听了我最后一句话，个个瞠目结舌，不明所以。

我没走出多远，就听见唐季的大嗓门说："乔欢这叫情人眼里出西施！"

"一语道破天机啊！"朱旭涛感叹。

"爱情解析专家！"何良喊叫。

走廊里传来我们寝室的大呼小叫声，夹杂着哄笑。我暗笑，在心里骂了一句："狗屁专家！"

我悄悄地联系了学校西门外的几家欲出租房屋的户主，最后敲定了一家，谈好的价格是每月五百，二楼的一室一厅，有厨具、有床、有液晶电视，还有空调。

之后，我低调地搬走了。其实我也没啥东西，一床被褥，一个毛毯，一个灰色大皮箱。仅此而已。

一开始，余思雅只是过来坐坐，吃顿饭什么的，后来干脆搬来和我一块儿住了，她的理由是："寝室太闷了！姐妹们又太能算计！"

我说："终于有了自我空间了。这里的空气多清新，跟我的寝室比，简直是天壤之别啊！"

第一个星期，我俩玩失踪游戏，仅告知寝室说搬出来住，地址说得很模糊，等对方追问，就把电话挂断了。我们下载了一大堆电影，买了一大堆水果和饮料，我第一次学习做饭，整整做了一个月，练会了二十八个菜，都是余思雅爱吃的，我成了她的忠实厨师。我们不再拘泥于晚上亲昵。

我的月花销一下子翻了几番，手头吃紧了。我给她买的手机用了不到一星期，突然就丢了，只好再给她买个一模一样的。刚买回来，那个丢失的手机就莫名其妙地出现了。我说："正好，我们一人一个，情侣机。"她撅着性感嘴唇说："不行，你说好了，是给我买的。"

"是给你买的，但现在不是有两个了嘛！那个丢了的不是又找着了，是吧？"

"我要把其中一个送给我弟弟，他过两天来大学看我，正好他快过生日了，我要给他个惊喜！"

"噢，明白了！"

"你不同意是不是？"余思雅俏皮的神情不见了，换了一副翻脸不认人的架势。

"怎么不同意，只是你弟弟来，你怎么不告诉我一声，让我也有个准备。"

余思雅一下子拥抱住我，亲了我的下巴一口，她嗲声嗲气地说："老公，你真好！你其实不用准备什么，就说手机是我俩送给他的礼物。他就是爱吸烟，你预备一些就可以了。"

"好吧。"

余思雅的弟弟身体又虚，体形又胖，特别爱出汗，还特别爱吃辣椒，越吃辣椒越出汗，汗珠跟黄豆似的直往下滚。看他吃饭真是个痛苦的事。余思雅叹了口气，说："还是那么爱出汗！快擦一下！"递给他一打面巾纸。

余思雅的胖弟弟叫余虎，这姐弟俩名字合到一起就是个搜索网站——雅虎。想到这一点，我就想笑。

让我不太高兴的是，余思雅把精致的手机交给她弟弟，她弟弟连句"谢谢"都没说，光说了一句"挺好看，正好需要这个，省着我攒钱了"。你说这叫什么话？

余虎把一桌子菜一扫而光，我淡淡地扫了一眼，杯盘狼藉。余虎一面打嗝放屁，一面粗声大气地跟我说："姐夫，有烟没？"

"有。"

"小熊猫，这个烟还凑合。"

"臭毛孩子见过啥，这么好的烟还凑合？你抽西北风得了！"我心里想。

这个膀大腰圆却虚弱不堪的"小舅子"我实在看不惯，他吃饭吧嗒嘴，还不经意地放屁，有时十连发。余思雅并不惊讶，显然习以为常了。我的食欲被他几个屁搞得荡然无存了。我瞅他一眼，他冲我翻了一下眼珠。

余虎逗留了两天，逛了公园，吃了海鲜，买了衣服，唱了KTV，住了旅馆，一概我买单。光吃这一项的开销就很惊人。我不得不毫无尊严地回到寝室向兄弟们伸手。

哼！这才几天，就一个个冷若冰霜了，对我爱搭不理的，动不动说句风凉话，弄得我如坐针毡。

"老二交了桃花运啦！"

"看看，瘦得跟小鸡似的！准是搞虚啦！"

我一本正经地说明来意，恳求手头宽裕的兄弟伸出援助之手。良久，老三朱旭涛抽出三张一百的递给我："就这么多啦，拿去用。我知道你是受欺负啦，干吗什么都要你买单？你拿你自己当嫖……"他欲言又止。

我实在坐不住了，收起三百块钱，夺门而走。

我开始回想与余思雅交往以来的过程，我想我的错误在于，一开始就愣充大款，自己定下了不合理的经济支出规则，一旦成了习惯，就难以矫正了。

有时跟余思雅提到此事，她会说："小气鬼！下学期花我的！比比谁花的多！"

有了这话，我还能说什么呢！

可惜等不到下学期，我就被甩了，被无情地抛弃了，想都没想到会发生这种事。

她和前男友死灰复燃了。时光倒流似的，她又跟那个家伙如胶似漆起来。

我恍然大悟，我这连备胎也算不上吗？

她两天两夜没回到我们的小屋，我以为是我当她面数落她弟弟不懂事，惹了她不快，后来是全校都知道了余思雅的情变，只有我还被蒙在鼓里，焦急地等她回"家"。最后她主动打来电话，跟我谈分手的事。

她在电话里的声音十分爽朗，底气十足，毫不哀伤，倒是我有些声音沙哑，语无伦次，我的大脑一片空白，如五雷轰顶一般。她说："事情就是这样，他主动找的我，我们复合了！你可以诅咒，不过，不管怎么说，我和你相处一场，挺感激你的，真的。你这人总体不坏，只能说我们缘分还浅吧，你以后不用为我做什么了，我们都开始新的生活吧！

喂，你在听吗？……我挂啦！"

"一边死去！"我对着电话忙音骂出一句。我有些委屈，鼻子酸得要命，我强忍着，没有哭出来。我不停地喝啤酒，晚上躺在孤单的枕头上，终于潸然泪下。我把啤酒都化成眼泪了。

此刻，余思雅一定躺在那个家伙怀里，她玩弄了我，我太清纯了，我怎么这么倒霉啊！

颓废了几日之后，我收到家里汇来的一笔钱。退掉房子，我乘坐高铁一个人去大连玩了几天。这座城市充满了阳光与活力，到处都有现代、时尚的漂亮女孩。

海风吹走了我的哀伤、烦躁与空虚，海滩上，那些美丽奔放的女孩的健康胴体又点燃了我对美好生活的向往。美可以疗伤，我深信。

返回校园后，我精神焕发、神采奕奕，寝室兄弟们一定觉得情况太反常了，以为我被打击得神经错乱了。

"哥几个差点儿报案，以为你被拐卖了呢！"老四何良没精打采、有气无力地说。

何良平时生龙活虎，此时如同瘟鸡，一反常态，一问才知道，花一千块钱找了个四级替考，开考那天人没来。

"在哪儿找的？"

"外院的自习室。"

"没考就给钱？"

"那小子长得挺憨厚，我就先给一千，事成后再付其余的。没想到上当了，我在外院自习室守了三天，愣没见他的影儿。"

"八成是个骗子，乌鸦干不过狐狸呀，人家是个专业骗子。"

"没准是冒充大学生呢，还可能是毕业赖着不走的准备再考研的学霸，哪个院的自习室都去，四处流窜，老鼠一样。"

何良说："我可不当学霸，有那力气能干多少大事啊！工作和爱情都能解决，还能玩个痛快。我可不愿意整天在自习室死坐冷板凳！"

王德山说："也不能那么说，我就向往着当学霸。"何良伸了下舌头耸了耸肩。

朱旭涛提议，晚上全寝去喝扎啤，看足球——西班牙对阵意大利。

我喜欢意大利队，但是没想到今天这场球他们踢得如此被动。我喝了两大杯扎啤，越看越生气。根据我的经验，意大利队无力回天了。

我索性不看电视屏幕，只从周围人们的呼喊、叹息、议论声中了解球场的进展。意大利队连续输球，我粗鲁地叫骂，连裁判也不放过，反正他们听不见。激动时，我差点儿把扎啤杯当啤酒瓶摔了。

观看期间，学生们骂得最多的一句话是："真狗屎！"排名第二的话语是："臭脚啊！"

支持西班牙的球迷兴高采烈、眉飞色舞，支持意大利的球迷唉声叹气、欲哭无泪。

大家聚精会神，一桌子的菜几乎没有动，光顾着喝啤酒了。

这一个夏天，全寝的啤酒肚都挺起来了，脑袋越来越大，脖子越来越粗。

小饭馆里看球赛，图的就是个气氛，比在家里舒服多了。志同道合的哥们儿在一起，笑话不断，无论是点评，还是骂球星，人人都有一套，百分之百创新，决不重复，语不惊人死不休。

我们八仙过海度过了期末考试，有的靠死背，有的靠活抄，有的靠关系。

我的手段是复印那些相貌平平但心地善良、聪慧灵秀、学习一丝不苟的女生的笔记，然后二十四小时连轴背三天，背得天昏地暗，然后大睡一天，迎接考试。临阵磨枪，效果倍儿棒。

大睡这一天，其实也不是真睡，是在回忆背过的那些东西，同时养精蓄锐，思考暑假如何打发。

我最终决定暑假不回家了，等到国庆节再回去。至于在这儿干什么，具体的还没想好。

考试一场接一场，终于画上了句号。

接下来是噩梦一般的小学期，也就是还要再上四个星期的课才放假。那么，暑假就只剩屈指可数的一个月了。我们欲哭无泪。每天去上几节可上可不上的课以后，下午几乎无事可做。打篮球、踢足球都太热，逛街没心情，看电影舍不得钱，再说网上下载资源有的是，躺在被窝就可以看了。只有谈恋爱和阅读似乎才是正经事。

我最近看了东野圭吾的《放学后》和《白夜行》，很喜欢，于是把他的书陆续都下载了。

我本想找余思雅聊聊，就算成不了男女朋友，难道连普通朋友也做不成吗？但是我始终鼓不起勇气。脑海里爱恨交织，往往恨的情绪会占上风。凭什么找她？为什么还找她？没她你不能活了？自己连续问自己几个问题，所有的骚动也就平息了。有一天，我请本系的靓女加才女陈溪吃烧烤。陈溪比较爽朗，平时在图书馆借书我常常碰到她，我们很聊得来。但是我们聊来聊去，也没什么火花，不过是产生了一起聊聊文学这种有限的情谊。她九十多斤的小体格，居然喝十瓶啤酒还没事，我真是服了。我喝到第十瓶的时候，醉态毕现，眼前的陈溪简直是天仙下凡。

陈溪说："余思雅有什么好？值得你那么惦记她！"

我说："我也不知道她哪儿好，我就是喜欢她，现在还是喜欢。"

陈溪说："你有病！你是受虐狂啊？"

我说："她要是愿意回来，我就愿意让她虐！虐虐更健康！"

我说完，自己乐了。

陈溪骂我是"山炮"，骂完她说吃饱了，买单吧。

她站起身，粉色的裙子将她曼妙的身材、纤细的腰肢衬托得堪称完美。这女生就是有点泼辣，骨子里有一种古典的美。古代那些大小文人她如数家珍，任何名家的作品，无论是代表作，还是有些生僻的作品，她都信手拈来。我很佩服她的文学功底。

她仿写的唐诗宋词很有意境，不深入探究，还真以为是温庭筠或者晏几道的作品呢！

我们绕着学校围墙走了很久。我克制住自己的冲动，没有说出喜欢陈溪的话来。因为我心里还有余思雅。这个时候追陈溪，到底算怎么回事！

浪漫归浪漫，人在酒醒以后还是要面对现实，面对自己真实的想法。

陈溪问我有什么梦想，我说我想写本书，写写何良、郝东他们的烂事儿。

陈溪哈哈大笑，之后夸我有志气。

酷夏难挨。终于，我们自由了，吃了顿本学期的散伙饭，个个喝得东摇西晃。第二天，我们收拾东西各自返家。

明天就要封寝室楼了。我收拾了些衣物，去了事先租好的一处平房。院子很小，有几棵没精打采的小树，鸟也不往这飞，倒清静，屋内宽敞，两间，光有一张木制大床，样式古老，厨房里炊具比较齐全，煤气罐脏兮兮的，不过还好用。租金还一个月五百块呢。本想租楼房，可惜下手晚了，都被考研族和不回家的鸳鸯们占了，我有些后悔退掉了原来和余思雅住的房子。可事已至此，凑合着住吧。

不寂寞是不可能的，静得要死。荷尔蒙旺盛的年龄，寂寞是要命的事情。我自己做了两顿饭之后，兴味索然，就去街上随便吃一点，包子、粥、凉皮、冷面，偶尔要些小菜，就着啤酒吃下。

爸妈在广州做生意，他们的心思全在那上面，我相信他们赚钱的能力，也相信他们赚钱的热情高于关注我成长的热情。我也无所谓，除了考大学让他们高兴一时外，我很少给他们以骄傲感。我短跑、跳高是强项，可从小学到中学始终是第二名，没啥可吹的。我不奢望被爸妈宠，他们给我钱花就行了。我收到父亲汇来的两千块钱，立刻还了朱旭涛三百。

我觉得我应该自己学着赚钱了，这多少受着王德山的影响，我想大学生就应该像他那样，勤工俭学，有尊严地活着。在欧美，像我这个年龄的人，早已自食其力了。寄生者真是可耻啊！

手里的钱交完房费买了两双运动鞋后，剩了不到一千。喜欢喝啤酒、平时烟不离手的我，这些钱支撑不了多久。我决定效仿王德山，做几份家教试试。我没想到的是，孩子越小越好教，可能因为越小越好糊弄。

站在一条本城最繁华的街道上，我开始像白菜萝卜等待买菜者挑选一样，等待着需要家教者的挑选。这里是大学生们举"家教"牌的指定地点，男生女生都有，有的喜悦，有的惶惑，有的沮丧，有的面无表情。屡屡不被看中的滋味也是艰巨的考验啊。

可能本人比较帅吧，站了三个小时，敲定两份，一个是小学五年级，教孩子写作文，一个是初一，教孩子英语。这太简单啦！都是每小时一百元，每天补三个小时，一个在上午，一个在下午，为期二十天。这就意味着，我将有一万二进账。我沾沾自喜。

第二天，我的表现顺利征服了两个小朋友。小学那个是女孩，梳着羊角辫，小名叫璐璐，活泼可爱，听我讲课时，嚼泡泡糖，发出响亮的爆破声。我不时地搜肠刮肚插入些笑料，惹得她发出银铃般的笑声。她给我拿水果，拿饮料，一口一个"乔老师"地叫，我说："叫欢哥得了。"

璐璐说："我妈妈真有眼光，给我找了你这么好的老师。"

看看，这么小就会拍马屁啦！

另一个初一的小男孩，叫强强，虎头虎脑，记忆力奇差，人也奇懒，像总也睡不醒似的，可一坐在电脑前面，就来战斗力了，饭也不吃，全神贯注。

强强比璐璐可难对付多了，他向我提要求，一是讲三个小时的中间间歇，必须让他睡上半小时，二是听课时可以吃东西。我都让步了。

这两个孩子差异甚大，打了几次交道，我就开始因材施教了。

对璐璐这样能够举一反三、触类旁通的孩子，我会留一些创新性的作业，讲的同时问一些有难度的问题，出乎我的意料，她都应对自如。

有时她母亲在一边听，也不住地点头，为自己的宝贝女儿自豪。我也会不失时机地夸她几句。璐璐妈妈这时会爽朗地笑起来，满意地望着自己的掌上明珠。末了会说一句："多亏了乔老师啦！"我会说："孩子聪明啊，她本身是玉，我稍一雕琢，她就成器啦。"

"可她老师说她笨得要死。"她妈妈没好气地说。

"她老师怎么可以这样说，太不像话了！这老师一定心态有问题。"我说。

与璐璐相反，强强蠢得要命，一分钟前讲的东西，再问，忘了。我真是服了。但钱还是要挣的。我开始显示我的博学，动不动弄出个典故、史料、常识来，讲给他听，没想到这招真灵，只要不是英语，他就感兴趣。我给他讲《西游记》《水浒传》，这小家伙聚精会神，说我讲的跟电视里演的一样。

有一次不知是怎么聊起的，谈到圆周率的问题，我说圆周率等于3.14是不精确的，它介于3.1415926和3.1415927之间。

强强非常惊讶地睁大呆滞的双眼说："老师，你知道的真多。"

我一下子乐了，我说："我还知道勾股定理呢，勾三股四弦五。"

强强说："这个我听过，上一个来我家的老师给我补数学时讲来着，他说，勾是勾引的勾，股是屁股的股，我就记住了。"

我一听，更乐了，心想，没想到已经有人绞尽脑汁开辟道路了。我现在是继往开来、长风破浪啊。这个小家伙也被我控制了。

据强强妈妈讲，强强三门主科加一起，也过不了一百，这孩子小学时还拿过第一呢。

我说："可能是方法不对头，要不就是没适应，孩子倒是很聪明的。"

听到我的话，强强发出憨憨的傻笑。他妈妈笑着说："可不是，我看哪，就是他们学校老师不负责任，没给教好，把我们孩子给耽误啦。"

我敷衍地一笑。

强强十四岁，体重已达一百八十斤。下课休息半小时，他真能睡着，睡着了打起呼噜不亚于成年人，底气十足，声音洪亮，铿锵有力，节奏感强。时间一到，我就挠他脚心，准能挠醒。

他若赖着不起，我就憋粗了嗓子朗诵《再别康桥》："轻轻地我走了，正如我轻轻地来……"

强强迷迷糊糊地说："老师别走，我再睡五分钟就起，一会儿我给你拿巧克力。"

一听有巧克力，姑且让他睡吧。我又开始朗诵《雨巷》："彷徨在悠长、悠长/又寂寥的雨巷……"，这下坏了，强强的呼噜声再度响起，挠脚心也不大顶用了。我憋足了力气唱了几句崔健的《假行僧》，这招真灵，强强一骨碌爬起来了，他揉了几下眼睛，说了一句："比拉屎还难听。"

我想，拿璐璐和强强做个对比可真是有趣，家境都那么好，表现出来的智力天差地远。如果把璐璐的智力视为正常的话，强强简直是有严重智力缺陷；如果把强强的智力视为正常的话，璐璐就是超常儿童，人成了精。

我对璐璐的老师不喜欢璐璐感到费解，可这不是我该琢磨的事了。一开始力求问心无愧，跟他们混熟了之后就是图个乐子。再说钱多不扎手，花自己辛苦赚到的钱是开心的事。

掘到第一桶金后，我立马换了新手机。原来的手机我瞧着有点不顺眼，一拿起它就想到余思雅，索性换款新的。人一有钱，就气粗，底气足得很。

换了手机，我打出的第一个电话是给何良的，这家伙住在本市，我约他晚上吃烧烤。他非常爽快就答应了。何良最大的爱好是看电影，看电影是他整个暑假的主要内容，但总看也没劲，也上火，需要发泄。正巧，我给他提供了机会。

他坐公交车赶来了，风风火火。我说："这么近，骑自行车不就得了？"他说："自行车没气了，我懒得打气，让它歇着吧，过两天我骑它去钓鱼。"

"没想到你还有这雅兴。实话实说，看了多少片子？"

"我哪记得住啊，"他咧着嘴笑，脸上的皱纹很深，明显未老先衰，他说："乔欢，你这个家伙，真看不出，还挺有毅力嘛，一个人熬过一个假期。"

我说："这有啥，体验生活呗！也不是很无聊，有趣的东西都是从无聊里蹦出来的！"

"高！思想家呀！兄弟我实在是刮目相看哪！"何良竖起大拇指说。

"别瞎拍马屁，都晕乎啦！"我冲老板喊，"来一百串瘦肉串、六瓶啤酒。"

何良的酒量比我大，我估摸我俩干掉十二瓶没问题，先来六瓶，慢慢整，反正时间有的是。何良也不客气，脱掉背心光着膀子跟我对阵。

用杯子不过瘾，干脆用碗，来个爽快！

我要了一些凉拌菜，花生米、腐竹、豆腐丝之类。何良去方便了一下，回来的时候桌子上又多了六瓶啤酒。他看了看说："你对我的底摸得挺透嘛！这些我们把它干掉，不多也不少。"

我说："不够再要嘛，有的是，喝无止境嘛！这东西喝过五瓶就能开发出无限潜能，胃就成了无底洞，多少都装得下。"

"那都喝哪去了呢？"何良问。

"参与循环了呗！"我答。我们相视大笑。

从晚上六点喝到晚上九点，天色微黑，我们走出烧烤店，来到街上，在凉爽的夜风中走了一段路，何良把背心搭在肩上，高唱黄家驹的《光辉岁月》，我知道这是他最喜欢的歌。我也跟着他唱起来。霓虹闪烁，车辆穿梭，所有的大酒店外面停满了各色汽车。我和何良在最有名的一家大酒店下面数出了二十七个汽车品牌，奔驰、凯迪拉克、宝马、皇冠等等。"看咱爷们儿混的，连个奥拓都没有！"何良说。

"你爸爸不是有奥迪嘛！"我说。

"那是他的，不是我的。"

我知道，何良的爸爸自己开公司，还开足道馆。公司规模不大，但盈利很多，手底下硕士、博士不少，而且专挑漂亮、有气质的女性。

何良的妈妈是某局副局长，与何良的爸爸虽未离婚，但他们的婚姻名存实亡，各有新欢。

何良是他们唯一的儿子，他妈妈从来就没管过他，饮食起居一概不过问，什么都由保姆小兰来做，所以他被惯出了一身毛病。

小兰是乡下来的，长得很秀气，话很少，心灵手巧，做饭、洗衣、打扫房间样样恰到好处，年纪比何良略小一点。

刚到何良家没多久，小兰就和何良的爸爸在一起了。何良爸爸不在家过夜时，她就睡最小的一间卧室，有时黯然神伤，偷偷落泪，何良有时会关心地问一句："你没事吧？"

小兰摇摇头，回自己房间了。何良很喜欢她楚楚可怜的样子。有时父亲不在家，他会想跟她亲近，她坚决拒绝，她说："绝对不行。"

这几日，何良的爸爸和他手下漂亮的出纳员去了西双版纳，据说要多玩几天。

家里只有何良和小兰。何良胆子越来越大，一开始对小兰动手动脚，小兰反抗，何良不依不饶，小兰最后半推半就了。

何良一边走一边兴奋地向我描述他和小兰的事，讲得绘声绘色，唾沫横飞。我心想，你比你爹的人品还糟糕。

我说："你打算娶她做老婆？"

何良朝地上吐了口唾沫说："我就是随便玩玩，攒点经验。"

我说："那我给你打个车，你赶紧回去继续操练吧！"

"我都不知她去哪儿了，我俩发生关系的第二天上午她就走了，说是去买菜，一直没回来。可能害怕了吧！"何良嘿嘿笑，"走，做做足疗去！我爸新开的足道馆。"

不大一会儿，我跟何良进了足道馆，我第一次来这种地方。

足道馆的按摩师温柔漂亮，裙子超短，前凸后翘，体态丰满。

何良倦意上来，打起鼾。

给我做足疗的女子娇媚地望了我一眼，莞尔一笑。

休息了一会儿，我的困乏感袭遍全身。何良早已酣然入梦。

我拍醒他，他坐起来，说："我睡着了。不好意思，睡着了。"我说："我也差不多睡着了。"我搀扶着摇摇晃晃的何良出了足道馆，叫了辆出租车，先把何良送到家。

他说："你和余思雅和好了吧？"

我说："承蒙你关心。"

他边打着响亮的嗝边说："能和好就和好吧。"

我脚步踉跄下了楼，钻进出租车，出租车行驶在午夜的街上，行人甚少，街灯也是一副倦怠之相。城市在沉睡。我万分疲惫，点燃一支烟，眯着眼望着车窗外迷离的夜色，梦幻一般。突然觉得自己空虚得只剩一具躯壳，如同行尸走肉。

我回到居所，衣服也不脱，倒床便睡，直到第二天上午被尿憋醒。

头痛欲裂，一切形象都拼贴不完整。这样的头痛，好像是平生第三次。

第一次是在中考前夕，第二次是在高考前夕。我现在相当于是在考研前夕了。

我胡乱找了片止痛药塞进嘴里，拿起一瓶矿泉水送下，舒服了些。屈指一算，离开学还有八天了。

很多次在梦里，我似乎正飞速滑向黑暗的深渊。我还梦见过另外的场景，从悬崖上失足跌落，无限下坠，直到一身冷汗、咚咚心跳地醒来。

就像病毒侵入了电脑导致电脑瘫痪一样，病毒侵入我的人生，我自在，然而恐惧。

新学期开学前夕，我收到了一大笔汇款，汇款人是父亲。

　　我对我老爸很有意见，他满脑子想的都是钱的问题，目的只是如何从对方口袋里赚钞票。我是另一种人。我会直来直去地表现自己，不回避自己的想法和欲望。尽管这有时会让他人尴尬或受伤害，但我只求自己舒心平静，别人怎么样我很少去理会。我决不做死要面子活受罪的事，我觉得这是我的优势。

　　我的父亲已经赚够了两辈子花的钱，他仍锲而不舍地为钱奋斗。假如他肯罢手，或者至少不以此为目的，仅把赚钱当作一种打发人生的方式，我想，我们随时可以和解。

　　我的母亲对他言听计从，毫无独立人格可言，我为此感到万分沮丧。音乐是我的鸦片，我用它驱赶着汹涌的孤独。有时我觉得自己就要崩溃了，被孤独杀掉了，我不得不向猫寻求安慰，我发现它和我一样，白天疲惫不堪，晚上精神抖擞。它困倦时也和我一样会打哈欠，喜欢趴着睡觉。

　　我的父亲叫乔仁福，他命好，读了大学，20世纪90年代初辞官下海，一发再发，成了大款。我的母亲跟随我父亲在南方扑腾，也练就了过硬的管理本领。她是他的管家。由此，我获得了许多人羡慕的自由发展空间和自主人生的条件。

　　我的父亲腰围三尺二，患有糖尿病、冠心病和哮喘。他的抽屉里除了材料、印章、票据和笔记本，就是大大小小五颜六色的药瓶。我的母亲身材窈窕，风华犹在，说话干净利索、气贯长虹，丝毫看不出学历上的短板。

　　由于家庭原因，我有强烈的逆反心理，首先就是反感拜金主义。可是，入了大学我发现，我可能是吃饱了撑的，大家对生活充满信心的幸福源泉不过就是这个。我喜欢的女孩子，我曾敬佩的学习榜样，他们的终极目标无非是有花不完的钱，然后为所欲为。

我对何良说："还是花自己挣的钱舒服。"

他冷笑着说："不知好歹，他们挣的钱，到最后不都是你的，你是身在福中不知福！你看看我，毕业以后我就在家一躺，谁拿我也没办法！他们还能不养我？哼！"

我看了他一眼说："道不同啊，道不同……"

"咱走着瞧，我敢保证，大四的时候你就不会再说这种话了。"

"行，试试看。"

暑假最后的几天，我理发，洗澡，逛街，买衣服，做白日梦，发微信，制订计划。所谓计划，无非是踢球，看球，练散打，做公益活动，还有与异性往来这几项。

02

青春就是三分轻狂，三分懵懂，三分诗意，一分放任。

——欢子语录

胡教授来上课时，是光着头来的，没戴发套，他望着鸦雀无声的讲台之下，说："我秃顶十多年了，只怕上课转移学生注意力，影响我在大家心中的形象，就不嫌麻烦地戴上假发。现在我觉得，我这样也很好，轻松自在，大家又不会笑话我，对不对？"

讲台下响起热烈的掌声。

胡教授接着说："大家都知道'厚积薄发'这个词，我想就是为我准备的，积累丰厚了，头发也就稀薄了。"

又是一片热烈的掌声。幽默与智慧使人摆脱窘境，又令人佩服。

何良、郝东命大，但这两个家伙仍未逃掉补考的噩运。

郝东用利器扎漏了贾教授摩托车的轮胎，两个轮胎无一幸免。

贾教授潇洒而来，不得不丧气而归。

贾教授期末考试抓了一堆男生补考。对抗最终还是失败了。

郝东和何良写过谩骂信、恐吓信，都石沉大海，无济于事。他们感叹，贾教授太有城府啦。

自轮胎被扎之后，贾教授的摩托再未随意停放，而是推到保卫处那里，托人看管。

后来我们又获得重要情报，贾教授的妻子是音乐系的教师小美，比贾教授小了十几岁，去年暑假结的婚。我们军训之时，他们仍在度蜜月。

于是何良模仿女生给贾教授写情书或血泪控诉书，写好后寄给小美老师，也就是贾教授的妻子。开始好像奏了效，贾教授上课心不在焉，神色恍惚，垂头丧气，从未见过他如此沮丧，把人所共知的常识都讲错了。可是很快，他又恢复了原貌，发挥自如了。女生们记笔记极其专注认真，纸上记满了贾教授的高论、妙语。

难道小美老师查出了何良的"力作"是赝品吗？

"贾教授那么狡猾，他一定会看出许多破绽，用心理学一解读，他老婆也就火气全消啦！"朱旭涛猜测说。

"那怎么办？"

"有办法"，何良转了转眼珠说，"对付他必须近取而不能远攻。"

"啥意思？"

"得请他喝酒，用我们的强项干倒他。我们假装对他敬重、仰慕，请他吃饭，你一杯我一杯他就得趴下，趴到桌下。"

"好主意！妙啊！"

大家都是一副茅塞顿开的表情。

由朱旭涛精心措辞并电话邀约，没想到贾教授万分爽快，满口答应，说是再忙也要赴约。

"这家伙胆子真壮！"唐季说。

"这下他死定了！"何良傻笑着说。

"也不一定，人家硬是不喝那也没办法。"郝东不无担忧地说。

校园西门外有一档次较高的饭店，我们提前预订好房间，早早去等，贾教授准时来到，骑的还是他的红色摩托车。

寒暄一阵，菜上齐了。我们请贾教授选酒的品种。贾教授扫视我们一下说："白的没问题吧？"

"没问题。"大家几乎异口同声。

只有何良慢半拍，他犹豫地说："没……没问题。"

"好。那就一人一瓶，谁也别耍赖，我这么大岁数跟你们年轻人也可以比一比。"

上来七瓶白酒。不试不知道，一试我们都被震住了。贾教授真是好酒量，能喝还能讲，能绕来绕去地劝你喝下去。七瓶见底时，只剩下王德山和朱旭涛仍可应战。

我们一会儿一趟洗手间，商量对策。回来时贾教授又叫了三瓶白酒，自己喝一瓶，剩下两瓶让我们自由分配。

结果郝东当场吐到桌上了，不知怎的，吐完了还哭上了，哭哭啼啼像个小娘子，他说："贾教授，我真的对不起你，你的摩托车轮胎是我扎的，我使的坏，我不说出来心里这个难受啊！"

贾教授先是惊愕，而后爽朗大笑起来，拍拍他的肩膀说："没事没事，当年我也是爱搞恶作剧的，你不说我也能猜到是你们男生干的，因为女生肯定扎不动。过去就算了，我多锻炼一下身体也没啥！生活上我对你们宽容，朋友嘛；可学习上，我要对你们严格要求，好不好？"

"教授字字珠玑啊！"朱旭涛说。

回到寝室后，我们立即召开批斗大会，大骂郝东这个不中用的"叛徒"，这家伙醒酒后又死活不承认自己说过那些败坏寝室名声的话，我们气得没办法。

贾教授果然说到做到，期末考试我寝室六人被抓补考，包括"诚实"的郝东。"我们都跟着你倒霉！"有人嚷道。郝东说："城门失火，池里的小泥鳅遭点殃是正常的啦！"

后来贾教授开大众CC上班，他的摩托永久停留在我们的记忆中。

刚开学的这几天，我总是碰到余思雅和她的体育系男友，他们走路时勾肩搭背的。路上碰见她，彼此不打招呼，我恶狠狠地盯着她，她朝我微笑，这微笑的含义我无法弄清，但让我更加恼火。他们像成心气我似的，打情骂俏，搂搂抱抱，有时接吻都在我们宿舍楼下的花池边。黄昏时分，余思雅穿着性感的短裙躺在她的男友怀里，长发流泻。

"看哪，他男友的手干什么呢！往哪里摸索呢！"郝东举着望远镜说。

　　"哇，余思雅的底裤都看见了，白色的！"何良尖叫。

　　我寝室的兄弟已不甚在乎我的情绪和感触，他们轮换着用望远镜瞭望，并及时以惊叫的形式报告最新动态。这种时候，我会把被子使劲往上拉，盖住头。若不顶用，就塞上耳机，把音乐开大，开到最大。

　　兄弟这么二也就罢了，还这么"山炮"！这还是兄弟吗？我真想抽他们！

　　"拿来，我也看。"我一把抓过望远镜朝楼下望去。这时余思雅已经坐起来了，正无聊地四处望着，并打了一个舒展的哈欠。

　　"乔欢，真没毅力啊！我要是你我就不看，她爱跟谁跟谁，死活与我何干！"朱旭涛说。

　　"此言差矣，有道是一日夫妻百日恩，乔欢处于恋爱高潮阶段却被晾到一边，搁谁谁不难受啊！

　　我听不惯他们议论，一言不发离开寝室，去了网吧。

　　余思雅他们刚离开花池，朝食堂方向走。我快步超过去，走到他们前面，我能感觉到余思雅的目光正在我背后游移，我的每个毛孔似乎都暴露无遗。忽然听到她放荡不羁的笑声，还有她的现男友智商匮乏般的笑声，我浑身上下起鸡皮疙瘩，于是加快脚步，迅速逃离。永远见不到这两个家伙才好。

　　朱旭涛、何良他们喜欢在寝室用笔记本上网，我却喜欢去网吧上网，因为那里有气氛。网吧里热火朝天，除了星期一上午稍显冷清外，其他时间几乎爆满。我在二楼找了一个通风较好、窗外风景怡人的位置，先慢悠悠地点上一支烟，然后才开机。

　　我要了瓶可乐，一口气喝掉三分之二，然后打了个很响的嗝。

心烦意乱。

掏出手机看时间，该吃饭了。我以最快的速度冲出网吧，在网吧门口的小摊买了份正热的盒饭，又冲回楼上。呀，谁这么大的胆子，坐到我位子上了，我刚要说粗话时，看清了对方，正是我朝思暮想的胡可可。我一下子呆住了，结结巴巴地说："非常……不好意思，那个……我刚才坐这儿，下楼去买盒饭了……"我抓耳挠腮，像我占了她的座位似的。

她冲我微笑，嘴角微动，两个甜酒窝。她的声音柔软磁性，是那种温柔的磁性，还带着正气，不同于我听过的以往任何一个女孩的声音。她说："对不起，我不知道，我是跟朋友一块儿来玩的。"她指一指南边角落的一个沙发，上面坐着一位样貌丑陋且过于肥胖的女孩。我看了看那个女孩，呵呵傻笑说："肯定是你们寝老大了。"

她眼睛黑亮，闪动了一下，露出惊异之色，问我："你怎么猜到的？"

我说："老大一般都是这样，特有范儿。"

她想笑，捂住嘴，憋得粉面漾出桃红。我的眼睛直了。

我趁热打铁，自报家门："我叫乔欢，中文系的，你呢？"我假装不认识她。

"哎呀，我想起来了，你不是'明星诗社'的社长吗？"

"已经不干了，写几首烂诗，就被选为社长。现在喜欢诗的越来越少了，我很犯难，干脆让大一新生去搞算了。现在的社长姓杨，大一新来的。狼退下来，该轮到羊啦。"

她被我逗乐了，胸脯微颤。据我判断，这对乳房的体积在余思雅之下，但也得有B或C罩杯。

"我的网名是'飞天小狼'，我把你加为好友吧。"我把盒饭放下，像跟她混熟了似的。

"哦，忘了告诉你了，我叫胡可可，英语系的，你加我吧。我们大姐叫我过去呢，方便再聊！"

"好的。"我回头看，果然那个丑相的"老大"叫她呢。心想，胡可可找难看的来陪衬，也不能找这么极端的呀，太离谱了。

胡可可穿着纯白色的裤子，走路飒爽，甚是好看。

她回头朝我挥挥手，说了一句："把'小狼'改了吧，太难听了吧？"

我张着大嘴，机械地点点头，笑容僵住，面部肌肉不大听我指挥了，某一小块还在痉挛。

美女的威力就是大啊！

我把"小狼"改成"小狗"，把胡可可加上了。

我把盒饭端起来，斯斯文文地吃，一点声音也没有，怕胡可可听见笑话。三分钟可以吃完的东西我吃了十分钟。

我趁着扔垃圾和洗手的机会，故意路过胡可可和她大姐身边，非常稳重柔和地说："小胡，我把你加上了。"

"啊，我看到了，你现在这个名字很不错，好乖啊！"

我不知道她这个"乖"指的是名字乖还是我那么听她的话让改就改了。

我说："也不太乖，小狗也会咬人的。"她和她的大姐爽朗地笑了。

我把目光转向她的大姐，对胡可可说："你们大姐叫什么名字？比韩红还有气质呢！"

她的大姐马上就显出不悦了，说："直接问我不就得了，弄那么曲折多费事！拿我跟韩红比气质，怎么不跟李冰冰比啊？哼！"

"那你比韩红还有范儿！"

"这还说得过去，哎呀，咋就没人把我和张惠妹、莫文蔚比呢！"

我强忍住笑，说："会的，大家的眼光会与时俱进的。"

她瞥了我一眼说："我叫何秀，可可的大姐。"顿了一下，她又转向胡可可小声说："狗也会变成色狼的，何况是狼狗。"然后两个人鬼鬼祟祟地笑。

我的耳朵灵着呢，都听见了，但假装什么也没听见，我又礼貌地挥挥手，说："你们玩吧，我过去了。"

胡可可说："记得互赞哪！"

我说："没问题！"

此后，我观察到，胡可可总是和何秀在一起。相遇的次数多了，就稍有了一点默契。

我回到宿舍时，这帮弟兄正在如饥似渴地看着何良手机里的成人电影。

我说："有意思吗？来来回回就一个动作。"

何良说："跟你比不了，你可以实战，我们只能望梅止渴。"

我和胡可可的交流渐入佳境，她透露出了难言的寂寞和孤独之感。她气质上天然的孤傲使许多心下有意的男生打了退堂鼓，这是我的推断。因为她这么漂亮，却至今没有男友。天赐良缘，我心下暗喜。

我跟胡可可约好，本周六上午十点在人民公园门口见面。

我为我们之间的"伟大"进展激动不已。

出了校门，找了一家小餐馆吃午饭。一上午的课我都没去上，什么课我都不知道。

九月末，秋高气爽，已不断有黄叶簌簌飘落。天空湛蓝湛蓝的，似乎藏着所有不着边际的幻想。

一放假，我就和没有回家的几个文学社成员一起去做艾滋病的公益宣传。虽然累了点，但是我感到心里很充实。这是我一手创办的文学社，有四十几名成员，个个能写能说，而且充满热情。后来我们还集体做过"绿色出行""关爱青少年视力健康""放下手机"等公益宣传活动。

我给父母打电话，告诉他们，学业较紧，国庆节不回去了。

我完成公益活动后，要了两个菜、两瓶啤酒、一碗米饭，自己一个人慢慢享用。外面景色甚好，公交车不时驶过，扔下一两名乘客。

有人打来电话。

我心想："谁呀？吃饭时间打电话，烦人不烦人！"

电话接通，一听声音，我愣住了。

是余思雅。

我有点吃惊，说老实话，无论如何也未料到是她，是我现在最恨的人。

我压了压火气，控制一下情绪，放下杯子，镇静地说："找我什么事？"我的声音在啤酒的浸润下圆润至极，我有一种运筹帷幄的潇洒感。

"啊……也没什么事，你现在在哪儿？"她好像听出我很冷漠，声音有些惶恐，又带着几分焦急。

"既然没什么事就不要找我了。"我的声音很大，周围的几个大学生模样的食客像受惊的小鹿一样盯着我看。我怒目而视，他们的脸迅速扭回去。

我基本上吃饱了，打了几个嗝，舒服了一点。继续喝啤酒，啤酒的爽劲很合我的胃口，令我感觉透彻痛快。

五分钟后，余思雅又打过来了。

我接了，想骂她"烂货"，但忍住了。我一言不发听她说。

她的意思绕来绕去，大致就是想见我一面跟我聊聊天，至于为什么聊，聊什么，怎么非要跟我聊，这些都不知晓。

那就聊吧，谁怕谁呀，我告诉她我正在学校西门外的顺友餐馆。她说她马上来。

我叹了口气，又要了个杯子，倒满，给她预备上。我知道余思雅能喝。喝点酒说话会直爽些，让她一吐为快吧，我对她要讲的内容还是有兴趣的，因为我真的猜不出她要讲什么。

她来了。看来动作很快。

"这么快！"我不冷不热地说。

她坐到我对面，神情哀伤。我稍感惊讶，因为她素面朝天、头发蓬乱的模样令我感到受了侮辱。

"给我倒的？谢谢！"她抿了一口啤酒。

"干了吧！"我提议。

她很顺从，真就干了。我说："我跟一个。"我也喝干了。

我冲着柜台里的服务员喊："喂，再拿两瓶啤酒。"

我递给她一支烟，给她点上，我看着她花容失色的脸，不禁有些心疼。过去我是多么宠爱这张脸哪！她的眼袋都出来了，看来睡眠很差。

"怎么搞的，这么狼狈！"我说，并给自己点着一支烟。

"我跟他……"

"又分手了？"我分明有一点高兴了。同情怜悯别人的时候，自己会有一种虚假的强大感、自尊感、优越感。我这不算幸灾乐祸，只是觉得自己当初的预想这么快就成了现实，我觉得有些滑稽，同时觉得自己是个了不起的预言家。

她微微点点头。

"兔子尾巴——长不了。"我说后半句的时候声音低下来了。揭人伤疤不是火上浇油嘛！人家正在痛苦之中呢，找上门来，好歹是瞧得起咱，该不该安慰几句？太该了！

"来，你也别伤心，喝咱们的酒。咱们不还是哥们儿、朋友嘛。"

她哭了，没有声音的哭。我递给她一打面巾纸，夸张地唉声叹气，像自己遭遇了严重的不幸似的。

"你吃饭了没有？"我问她。我的意思是，她要是吃过了，我们就撤。外面空气好，走一走心情就好了。她心情一好，我就脱身了。

没想到她晃了晃头，很明显，这是没吃饭。我真恨自己多嘴。没法，还得假装硬气，又点了两个菜，余思雅爱吃的拔丝红薯和红烧排骨。

我思忖良久，找到了帮她泄愤的方式，就是大骂体育系那个男生，我把我掌握的有力度的肮脏词汇组成一排排手榴弹，投向那个我从没搭过话的男生。

后来我意识到自己做错了，因为余思雅认为我是真心地帮她排解，这就说明她在我心里还有位置，她的眼泪止住了，专心致志地吃起了排骨。

"你慢点，时间有的是。"我夹了一块红薯放入清水中，再移向口中，这段距离红薯拉出长长的一道丝。

她的酒杯旁瞬间堆起了一座骨头小山。她面容舒展了，气色好看多了。她偶尔微笑着看我一眼，弄得我浑身不自在。

我们干掉杯中啤酒，我起身付账。

还是原来的那个钱包，只不过里面的照片由余思雅变成了柳岩。

走到外面，爽风扑面。刚刚下过一场小雨，地面微湿。树木都打起精神来，英姿飒爽。

余思雅似乎有点冷，两只胳膊叠在胸前，叠得很紧，眼睛盯着路面。一辆公交车从我们身边过去，开得缓慢。余思雅微微抬起头来。"你可以搂着我走吗？"她的声音低而微弱，惹人生怜。

我沉默地搂紧了她，她不再瑟缩了。我突然觉得，我和余思雅从来就没分开过。

走了很久，没有目的地。她却说："到了，进来坐会儿吧。"

"到了？到哪儿了？"我疑惑不解。

"我的家，这是我租的房子，现在我一个人住。"她指了指路边的一栋小楼。小楼很旧，三个单元，余思雅住一单元一楼。

"怪方便的。"我说。

"是，"她说，"省得爬楼梯。"

"你和他租的房子？"

"哼，他可不像你那么大方。"

门开了，一只小猫跑了过来，原来余思雅还养了宠物。

"真可爱！"我摸了摸它。

余思雅关上门，去给我拿饮料。我说："不用啦，我待一会儿就走。"

是个一室一厅。厨房小得可怜，勉强容得下一个人炒菜做饭，两个人就转不开身了。洗手间也小得可怜。卧室也不大，一张床占据了一半空间。"真够微型的！"我感叹地说。

"小怎么了？小不是更温馨、更有安全感？"

"那是没错的，穷学生也只好如此了。"

卧室里物品有些乱，余思雅的小东西很多，四处摆放，床头有几本小说，以不同姿势躺在那里，渡边淳一的《失乐园》、村上春树的《寻羊历险记》，还有一本江国香织的《东京塔》，书皮陈旧。

"你喜欢日本文学？"

"谈不上喜欢，碰巧最近看的都是日本的小说。你也看？"

"也看，心血来潮了就看。我这个人喜欢实践出真知。"

她让我看电视，她出去买水果。

我把所有的电视台翻了一遍，没有想看的节目，就关掉了。

我悠闲地望着窗外吸着烟。她正在水果摊那儿挑水果，隔窗望去，余思雅像个新婚不久的少妇。她比校园里那些情窦初开的女生不知成熟多少倍。不过，盛放中的花，凋谢得也快。

她回来了，手里提着香蕉和桃。

我说："这是干吗？我又不是什么贵客。"她让我吃，我执意不吃，她也不勉强。

我看到床下有一双大号的拖鞋和一双大号的男式运动鞋，于是嘿嘿发笑。余思雅愣住了。

"你笑啥？"

"这个蠢货的鞋怎么没拿走？看来他还留了一手。"

"我忘了扔，那都是我给他买的鞋，他不要了，他自己的都带走了。"

"哦。他搬走几天了？"

"快一个星期了。"

"你还想他吗？"

"我才不想呢。"

"你这么达观我就放心了。"话刚说出来我就后悔了。

我起身告辞，余思雅有些不知所措，她显然没有让我走的意思。可我在她这里实在是没趣。

"那好吧！记得给我打电话，发微信也行！"余思雅把我送到门口。

"再见！"我说出这两个字时，心情是灰色的，有种莫名的沮丧。余思雅的眼睛是湿的。我抱了抱她，她在我怀里像只小鸟，而我不是她的大树。

我上了公交车。

此后的一个星期，我只给她打了一个电话，由于没什么聊的，双方都是欲言又止，不到三分钟就挂掉了。都是"你这几天过得怎么样""心情怎么样"这类可有可无的废话。

周末我先去参加了计算机考试，之后立即去见胡可可。偏偏这天我忘了带手机。

我打车前往人民公园，十分钟就到。此时是九点四十五分。我先买好两张门票，安静地等着。

十点零五分，还没见人影。我琢磨，女生嘛，都是这么大架子的。再等等。十点半，还没来。我找个地方坐下来，心想，既然等了这么久，就不在乎多等一会儿了，天气也不错，全当是日光浴了。一直到十一点十分，还没见人影。我放弃了。

见一位中年妇女带着她的胖儿子往这边来，我迎上去，说："你们别买票了，我的朋友没来，这票送给你们了。"

那位中年妇女先是疑虑，转而欣喜，叫她儿子说："快谢谢叔叔。"

她儿子冲我傻笑，牙齿参差不齐，他把票抓过去说："谢谢叔叔，我和妈妈替你去玩。"

回到学校，我立刻拿起手机，看到胡可可的留言："非常抱歉，今天另有别的安排，改天再约。"

我非常恼火，感觉是被涮了。可是没有知难而退的道理，我对自己说，一个月之内，坚决把她搞定。我给她留言："我刚刚离开公园，等了一个小时没见你来，猜想你必有事，不然不会失约。没关系。只是可惜，我买的两张门票都送人了。"

何良打来电话，他说："你追校花怎么不带上手机？找你这个费劲！进行得顺利不？中午聚聚怎么样？好久没痛快喝一次了！"

"喝就喝！"我说。

"不过我们都知道了……"

"知道什么了？"

"你和余思雅又和好了。"

"谁说的？"

"保密，反正有人看见了，某一天，你搂着她走了一个多小时，把狗仔队累惨了。"

我知道越辩解越说不清，不如不辩解，就说："不过还是朋友而已。"

"是什么你自己知道，总之，中午吃饭你得把她带上，弟兄们都是光棍，想请嫂子给帮忙呢！"

"这么说，是你们请客喽？"

"绝对的。"

"好的，兄弟必去，至于她去不去就不好说了，我问问她吧。"

"你让她来她还能不来嘛！就这么定了！在王府酒楼。十二点开始。"

我打给余思雅，问她去不去。她高兴极了，说正愁没地方玩呢。

我问她："你在哪儿？"

她说："刚下课，马上就去。"

我说："好的，我在饭店楼下等你。"

很巧，我和余思雅同时到了。几天不见，她又容光焕发、光彩照人了。

除了老五唐季之外，其余兄弟都到了。可能是在楼上望见了，兄弟们都出来了。我和余思雅受宠若惊。

"唐季呢？"我问。

"啊，唐季家里有事，回去了。"郝东说。

"回唐山了？"我很惊讶。

"对，现在恐怕在火车上了。"

究竟是什么事，我没多问，随大家上楼。还是何良会选地儿，这个包间阳光灿烂、视野开阔，草包到了这儿也可以激发出几分豪气。

我知道何良那个小抠是不会付账的，所以我带了钱。

最后我弄清楚了，是郝东早早预订了房间并点好了十个菜。虽然都不是什么太上档次的菜，但数量上还是够丰盛的，荤素搭配适当，色味诱人。

余思雅坐在我旁边，一点也不拘谨。我事先提醒她别吸烟。她果然没有吸，优雅地喝着饮料，听我们胡吹海侃讽刺那些教授、讲师，不时地报以微笑。

酒是平均分配的。余思雅听我的吩咐，一滴不沾，只喝饮料。我喝了不计其数的啤酒，频繁地去洗手间。

郝东、何良都变成了红脸关公，连脖子都红了。

郝东端起酒杯对我和余思雅说："二哥二嫂，我实在是羡慕你们！看你们多甜蜜啊！祝你们爱情永驻！"

我很高兴，跟他碰杯，一饮而尽。余思雅喝了一小口饮料。她装得太淑女了。

何良撇了撇嘴说："二哥二嫂，其实郝东是有求于你们，他自己不好意思说，我替他说吧，他看上了二嫂同寝室的一个妞，啊不对，一个同学，好像叫侯什么的吧，啊对，侯芸芸。是不是？"

郝东纯情地点了点头。

"这小子有眼光，就是胆子太小，不敢下手，怕受伤害。"朱旭涛说。

"他的弱点。"我说。

"侯芸芸哪，哎呀，她已经有男朋友了，听说是复旦的。"余思雅说。

郝东一听这话，当即像泄了气的皮球，一点精气神都没了，眼睛彻底没了神采。他低声咒骂："这是哪儿孵的蛋哪！"

"他们是高中同学，是初恋，山盟海誓的，一天一个电话，感情深着呢！"余思雅还想接着说，我瞪了她一眼，她不说了，埋头喝饮料。

我灵机一动，说："我倒认识一个网友，咱校英语系的，她没别的缺点，就是太胖了。"大家哄笑。

郝东说："我就喜欢胖的，只要能成就行。管她胖不胖呢，能让我告别单身就行了！"

"那没问题！你就听好消息吧！"我拍着胸脯说，一副胸有成竹的样子。

郝东信任地点点头说："二哥成竹在胸，老弟我就志在必得了。我再敬二哥一杯！"

"客气！来，干了！"

我忍不住暗笑。我说的人正是何秀。

郝东一扫颓气，喜出望外，就像事情已经成了一样。

一个小时过去了。郝东喝过了量，大为失态，吐了一地，被我们扶着下楼，送回寝室。他们意犹未尽，本来要去打台球的，只好作罢。

我和余思雅乘公交车前往她的住处。车上宽松，总共不到十位乘客。窗外秋意正浓，阳光不再热烈，冷暖恰到好处。

余思雅问我："你怎么认识英语系的？真的还是假的？"

我仰起头枕在椅背上，眯着眼说："当然是真的。是网友，不知怎么就撞上了，竟是一个学校的，她还托我给介绍对象呢！"

"是吗！"余思雅毫不掩饰自己的讶异。

我心想，这下有热闹看了，也不知郝东真见到何秀还会不会那么兴奋，真怕吓到他。

到了余思雅的家，她的目光一下子火辣起来。衣服一件件滑落，她一丝不挂了。我无动于衷地望着她半分钟，她的身体我是喜爱的，但我内心的憎恶感并未消除，而眼前的诱惑像一张网牢牢地笼住了我，我挣脱不得。她把我的衣服脱掉，干干净净，我身上只剩下半截烟。

"熄了它吧！"余思雅温柔地说。

我顺从了。

我多少怀着报复心理。余思雅对这些显然是处变不惊了。我折腾累了，她趴到我身上。

我说："你可以做窑子的教练了。"

她拧了我一把，骂道："缺德呀你！"

不久余思雅的前男友找了个心理系的楚楚动人的女孩。你看到她，会想到一种水果——水蜜桃。一颦一笑万种风韵，娇姿欲滴顾盼生情。怪不得余思雅被他耍弄之后惨遭抛弃呢，这个替补确实非同一般。

胡可可最近总是离线，不知在忙些什么。我给胡可可留言，说我们宿舍的一个哥们看上了她们宿舍的老大。胡可可立刻回复了，说："好啊，我可以牵线呢！"

我说："闹了半天你一直在潜水啊！"

我赶快给郝东打电话，他听后异常激动，我把考虑到的细节问题一一嘱咐一遍，特别强调了要买一束好看的花。

事情出乎我的意料。我以为他们俩见了面，彼此也就心凉了。没想到的是，郝东和何秀相见恨晚，有说不完的话。

何秀的爸爸是个厅长，郝东也许是另有所图，这群弟兄纷纷猜测。没过多久，郝东和何秀双双搬到外面去住了。恋爱真是神奇，何秀慢慢变瘦了，皮肤也滋润了，还留起了长发。

我们问郝东："在她身上是何感觉？"

郝东说："像坐船呗。"引来哄堂大笑。

何良说："那你就是船长啦。"

时间真快，转眼就迎来了冬天的第一场雪。我和余思雅"重聚"后的小日子无风无浪，此时的我们只是相互需求的关系。为了排遣寂寞，我们一个星期见两次面，其他时间，给对方以绝对的自由。

胡可可给我留言说："我们大姐最近天天打扮，她从来没有这么高兴过。谢谢你啊！"

我说："还不是爱情的力量嘛！也不用谢我，你也有功劳。我们只是成人之美而已。"

胡可可说："也不知道我的白马王子在哪里。"

我问："你欣赏什么样的男人呢？"

她说："我也说不清，总之，看缘分了。"

我说："还能见上一面吗？"

她回复说："好的呀。"

我心里顿起波澜。

我说："本周末，方便吗？"

她说："可以。"

于是我真的和胡可可见面了，仍是在人民公园，上午十点。

她这天穿着很素淡，淡粉色的羽绒服、牛仔裤、乳白色的棉皮鞋，扎着马尾辫，淡妆。神色笃定、恬静。

人民公园门口只有我一个人。

我的衣领和围巾上面沾着一些细碎的雪花，她帮我掸了一下。我一下子感觉彼此的心理距离拉近了不少。我一开口，白气逃之夭夭。

"真没想到你这么执着。"她说。

"是有些神秘感，"我说，"进去走走吧。"

"嗯。"

公园里冰雕无数，夜里灯海一片，那时才好看。我和她缓缓地游览，公园里游客稀少。

我谈到了何秀。胡可可说："她现在是我们寝室最幸福的人了，整天笑呵呵的，跟吃了蜜似的。不过她正式恋爱之前的几天脾气坏得不得了，砸碎好几个杯子呢！也不知她哪来那么大火气，我们还以为她得了抑郁症呢！"

聊了很久，她转入要害："你认识余思雅吧？"

我愣了一下，佯装镇定地说："认识，普通朋友。她朋友多得很，我的朋友也多得很。"

"哦。"她点点头，脸上掠过一丝笑意。我实话实说："我们曾经爱过，但那是曾经。"

她似乎对我的答案不满意，接着说："我听说余思雅是个很疯的女孩，她现在在一家迪厅做领舞。"

"是吗？我没听她说过……那种地方……这怎么行，我得劝劝她。"

"是啊，容易遇上坏人的。"

通过交流，我了解到胡可可是个心灵纯洁如水、又极有文学品位的女孩。她喜欢莎士比亚的作品，尤其是《哈姆雷特》。我对《哈姆雷特》所知不多，只能附和她的评价。我提到韩寒、郭敬明、刘同、大冰，她表示那些书她是不看的，脸上稍稍现出一丝鄙夷的神情。我们聊到三毛和贾平凹，才算有了一点愉悦感。这两个作家我算熟悉，看过一点他们的作品。

我说："我们算是好朋友了吧？"

她笑了，神秘里透出无邪，像一朵珍贵的雪莲花。

我和余思雅把学校外面的一家电影厅的包厢作为发泄过剩精力和释放激情的指定地点。有时我们一块儿去洗鸳鸯浴，那个地点郝东和何秀也经常光顾，有时我们竟成了"邻居"。何秀的叫喊真是吓人！去年何秀打破了本校铅球项目的纪录，我想起这一点，就替郝东担心。现在的女生越来越像汉子，男生却越来越娘炮，真是一点不假。

我和胡可可的交往仅限于散步和偶尔吃饭。她说她几乎每天都能收到情书，这些东西她一开始还看上两眼，现在则看都不看直接撕掉。她说这些东西比什么都让她心烦，她也开始逃课睡懒觉了。

余思雅说她知道我的秘密。其实我们早已心照不宣。她一点也不吃醋，甚至摆出鼓励、鞭策的架势，说："她是校花，我不是，你追上她，我脸上也有光啊！"

我说："你太善解人意了！"

这一学期，男生宿舍区的W楼，桃花运特别旺，恋爱成功率倍增，大部分人只要锁定目标，一追便成。大好机遇若抓不住，只能说明兄弟你太笨了。

朱旭涛和何良都追上了本系的女生，她们虽然相貌一般，但都是比较文静不张扬、不做作的那类女孩。

朱旭涛追求本系的张月快两年了，人家对他不屑一顾，冷言冷语，他百折不挠，愈挫愈勇，终于修成正果。

他的电话攻势终于瓦解了对方的防御堡垒，他们开始散步聊天，开始一起学习，一起吃饭，之后又有了进一步再进一步的发展。

我们寝室室友喜好谈论性事。

何良的女友长得很小巧，皮肤很好，白皙滑嫩，脸蛋也耐看。何良说："反正我也不怎么高，就不高攀啦，不然接吻还得带凳子，多麻烦啊！"

大家哈哈笑。

何良的追求方式很简单，也很原始，就是写了一封感人肺腑的情书，长达一万字，相当于一篇学士论文的规模。何良为此耗费了两盒红河和两个晚上，然后让朱旭涛的女朋友张月送到。真是一帆风顺！当天就有了回音。对方让何良每天去图书馆给她占个座。何良乐此不疲，他这个对学习恨之入骨的家伙开始爱上学习了。两个人的发展速度也很快，他们不再去人多的图书馆，而是转移到人少的主楼顶层的自习室。

每天夜幕降临，校园就成了情侣的海洋，让不想告别单身的人看了怦然心动，让想告别单身而苦苦找不到机会的人心如刀绞。

许多原本为爱情想不开的人这时都想开了。这是一个索然无味的春天，同时也是一个索然无味和生机勃勃并存的春天。

在这个春天里，连我这么不爱读书的人，也产生了嗜书癖。我发现我读书飞快，而且过目不忘。和别人聊天的时候，我常常谈古论今、引经据典，让别人以为我是饱学之士，其实我就是记忆力好。

为了恢复八块腹肌，像我这么懒的人也忍痛放弃睡懒觉，加入晨跑的队伍。我和隔壁寝室的徐亮、张戎一道跑步，这二位简直是机器，四百米一圈，跑十圈相当于热身。跑步之后我们一边打开手机看新闻，一边往回走，去食堂喝粥，吃麻花，外加一个茶蛋、一碟咸菜。

张戎是个驼背，小眼睛跟耗子似的，把鸡蛋汤晾凉了再喝，一口喝光。他喜欢吃豆沙饼，能吃五六张。他总是把饼吃光再喝汤，我和徐亮对他的吃饭逻辑极为费解。

徐亮是吃一半之后歇一分钟，四处看看，不知道的以为他吃完了呢，他歇好了以后再继续吃。我们说他吃饭跟踢球似的，还带中场休息的。

我不喜欢喝汤，只喜欢喝粥，而且一定要喝得异常响亮，还要吧唧吧唧嘴，吃得很香的样子。徐亮说："你就像几辈子没喝过粥似的。"

我们吃过早饭，各自回寝室。郝东此时还没起来。不知谁的MP4正放着杨坤的《无所谓》。干燥而沙哑的声音。几乎每天都是如此，早上有人放杨坤的歌，晚上有人放许巍的歌。这样，即使你二十四小时不睁开眼，也能分辨白天和黑夜，周而复始。我觉得应该调整一下，早晨放许巍的《完美生活》，然后经历了丝毫不完美的一天之后，晚上放杨坤的《无所谓》。这样比较符合生活规律。

我开始动笔写小说，写大学校园里我熟悉的人和事。这是我的一个小目标、小梦想。不论好坏，我要把它写出来。我心想，如果中文系的人不写出点成形的东西，那就对不起中文系这三字。

梦想，无非就是目标和行动的结合。

这一段时间余思雅跟我的联系减少了，不知她最近在忙些什么，另有新欢也未可知。

不过令我欣慰的是，胡可可对我的信任和依赖与日俱增。我因为常与校花一起散步，知名度大增。

这个夏天虽不甚炎热，可我还是固执地理了寸头，像个打手。我戴上茶色眼镜，整个世界一下子变得跟下了场沙尘暴似的。胡可可喜欢我这个造型，我满心欢喜。何良提醒我说："惦记她的人太多，你当心挨揍！"

"尽管放马过来，比传统武术还是自由搏击？比气功我就不奉陪了，自己练去！"

何良是在开玩笑，我也是开玩笑。他骂了一句："你真有种！你就一意孤行吧，我真替余思雅可惜！"

我叼着烟，斜着眼看他，吐出一个烟圈，说："她？她潇洒着呢！我都不操心，你操什么心！对了，你们家小兰怎么样了？"

"让我爸打跑了……她偷我们家东西。"

"那你又没处发泄了？"

他痛苦万状地说："所以我焦虑嘛！你看看，我都有白头发了。"

"还不少呢。"我随口说，看都没看他凑过来的脑袋。

接下来的日子，张戎开始追求学生会主席陈溪，据他讲很顺利。

陈溪是我们中文系的第一才女，诗文俱佳，走路抬头挺胸，脖子扬着，谁都不放在眼里，傲着呢！真不知她是怎么看上张戎的。

张戎讲述经验时说："一要自信，二要练嘴，就是口才，最后是抓住对方的爱好，比如说有人喜欢吃，有人喜欢玩，有人喜欢小礼物、小浪漫。"

这等于什么都没说。

依我看，这家伙的长处就是善于掌握女生的日常生活规律，对方什么时候有闲暇，什么时候心情好，他就什么时候把电话打过去。这是第一个优势。第二个长处是说废话，抓起电话聊一个小时没问题。不过要看对象，有的女生不喜欢唠叨的男生。张戎善于投其所好，因为陈溪的谈兴极高。张戎的破嘴有了用武之地。

王德山最近决心考研，他提早准备，整天废寝忘食，中午都不回寝室，被我们称为"铁人"。

我继续谈情，其他弟兄要么游手好闲东游西逛，要么无所事事玩手机看网文，要么热火朝天打游戏。

唐季从老家回来了。他回来后，神情恍惚，语无伦次，每天晚上别人睡觉，他在走廊不停地唱歌。我们觉得不对劲。我们骂他，把拖鞋都从门内投到了走廊，他笑嘻嘻地探进小脑袋瓜，唱道"我拿什么和你计较……"，我们气得鼓鼓的。

朱旭涛给了他一张包月的上网卡，唐季从此消失在走廊，出现在网吧。我们终于送走了"走廊歌手"，可以睡安稳觉了。

高兴了一个星期，灾难又来了。唐季从疑似精神病人变成真的精神病人。

我的第一反应是，我们寝室的光辉形象毁了，第二反应才是赶紧把他送进精神病院。

原来，唐季有一天把上网卡弄丢了，四处找没找到，向郝东要了半包烟走了。他流窜到了理学院，把正下楼的一个物理系女生堵到了楼梯角，嘿嘿傻笑。楼道昏暗，那个女生可能被吓坏了，尖叫不已。唐季流着口水，说："妹妹我爱你……"他一边说，一边大大方方地去拉对方的手。那个女生尖叫起来。从自习室里冲出的一大批学生，把两个人团团围住，看热闹的围了一层又一层。唐季被一个义愤填膺的男同学打了一个耳光，那个男生骂道："你是哪儿来的？到这来耍流氓！走，把他送派出所去！"

唐季面无惧色，笑眯眯地望着围观者，唱道："今天你要嫁给我……"观者哗然。

唐季又挨了一个结实的耳光，狼狈不堪，鼻子出了血。

那个被骚扰的女生见状于心不忍了，央求众人说："他也没干什么，让他走吧！他看样子不正常！"

"对，不正常！"

"肯定不正常！"

大家交头接耳，相互点头，达成共识。

唐季这才逃过一劫。不过他在回寝室的路上被跟踪，那些人一直摸到了我们寝室。

过了三天，理学院的领导到我们寝室做调查，王德山负责接待。我们眼睁睁看着好端端的唐季变成了谁也不认识的疯子，都吓坏了。打了几次电话，我们终于联系到唐季的家人。

唐季的家庭是破碎的，他小时候父母离异，父亲未再娶，拉扯三个孩子。他的父亲刚刚在工伤事故中身亡。唐季还有一个开公司的哥哥和一个学美容的妹妹。

唐季的哥哥赶来了，见到疯疯癫癫的弟弟，抱着他失声痛哭。唐季面无表情地望着他。理学院的领导建议带唐季去做个心理鉴定，鉴定后，确认唐季患有精神疾病。唐季的性骚扰嫌疑得以淡化。校方高度关注，携同唐季家人将唐季送进市精神病院。唐季穿上了病员服，接受医院的统一管理。

我们同寝室兄弟撇下一切事务，在医院守了两天。医生不耐烦了，告诉我们每周只准探视一次，而且人数不能太多。唐季的哥哥跟我们一一握手，他已经顾不得什么生意了。唐季的妹妹一直未出现，打手机一直显示关机。唐季的哥哥说他也联系不上，就算联系上也帮不上什么忙。

我们颓然地回到学校。

伴随着大大小小、五花八门的校园新闻的鼓噪，我和胡可可的关系出现突飞猛进的新势头。

她是亭亭玉立的花，我是她叶下的小青蛙，呼吸她的芬芳，用一双雪亮的眼睛逼走任何蠢蠢欲动的飞虫。

我请她吃遍了校园附近的餐馆，她惊讶于我出手的阔绰。有时她也买单，见我一个人破费她于心不忍。

在她过生日那天，我送了她一枚小巧的戒指，并亲自给她戴在手上，她满足而又惊喜的样子让我觉得自己念头龌龊。我满足于与她亲吻、拥抱及抚摸。一次看电影，我抚摸了她饱满坚挺的双峰后解开了她的裤扣，手指触到了她平滑的小腹，继续挺进也未遇到任何阻挡，但我却停止了。我搞不清自己的心理动机。可能我懂得了"神圣"这个概念，胡可可的羞涩一度使我慌乱、不知所措，这是和别的女生接触时所没有的。我对余思雅只有欲望，欲望过后是陌生，是可有可无，是了无牵挂。而胡可可则不同，我不想亵渎她对我的依恋之情。

暑假前一个平静的夜晚，我们在操场的草坪上安静地坐着，她凝望夜空，表情恬淡，一副纯真的模样。她穿的是一条白色短裙，露出白皙的玉腿。脚很小巧，没穿袜子，很干净清爽的感觉。脚指甲上涂着淡淡的粉色，我怀疑有蝴蝶经过会毫不犹豫地落上去。

我有点把持不住自己了，搂过她，将唇按在她的唇上缠绵。她闭着眼睛任我亲吻，这大概是许多暗恋她的男生梦遗前奏的部分。对于我，这是真实的。

我想要她，这是真的，她也做好了心理准备，躺在草坪上等待我潮水般的激情将她的梦幻填满。此时我想到余思雅，突然产生了一种背叛的罪恶感。我停下动作，看到一张疑惑而失望的脸。

03

没有爱情不成青春，没有理想不成青春，没有奋斗不成青春，没有放纵不成青春，没有迷茫不成青春，没有阵痛不成青春。

——欢子语录

第二天我找到余思雅，到了她的小屋，简单粗暴地把她摞倒在地上。她立刻像鲤鱼一样腾跃起来。

这时余思雅开始报复，她在我身上留下了数不清的牙齿印痕，青一块紫一块。我被欺负得很惨，就是不抵抗。

我们都折腾够了，才恢复常态。

她的第一句话是："你把她上了？"

我睁开眼睛看了她一眼又闭上，萎靡不振地说："没有。"

"哼，你能骗得了我？"

"真的，真的没有。"

"那是她不许，还是你不想？这太可笑了！"

"都不是。"

"几天不见你还学纯真了呢！我才不管你呢！告诉你，今天咱俩这是最后一次，以后你不要来找我了。"余思雅看样子是真生气了。

"为什么？"

"你还来问我？"

"有没有缓和的余地？"

"除非离开她。"

"她需要我。"

"得，就当我什么都没说。你这种男人，去死吧！"余思雅像疯了一样，用太空枕狠狠地砸我的脑袋。

我要走。她可能在赌气，也不说挽留我的话，头发在方才的运动中已经散乱，她不慌不忙一丝不苟地对镜梳妆。她赤身裸体的样子已提不起我多大的兴趣。我想我比她未来的老公还要熟悉她的身体。这对她未来的老公来说是很悲哀的事，可是那个男人也许永远也不会知道我的存在。

我欢天喜地来到公园般的大学城，却始终欢快不起来。

玩手机、睡觉、吸烟、看小说、踢足球、喝酒，这些是我的兴致所在，也是我的专长。我学了一个我不十分感兴趣的专业，但是仔细想想，我对任何专业都没兴趣。

我默默地穿上衣服，点上一支烟，看也不看余思雅一眼，离开了她的家。平时我至少要吃上一顿饭再走的。

我们寝室的兄弟基本上臭味相投，都对女人的胸和臀有兴趣，每天寝室熄灯之后会热火朝天地聊上一阵。比如今天上课某女穿得超少啦，谁嘴唇抹得像猴屁股啦……这还不算，连漂亮女老师也不会放过，评头品足一番，谁的裙子太透明啦，谁的牛仔裤绷得很紧啦，谁的脸蛋比以前好看啦。话题无穷无尽。说完本系的，说本院校的，说完本院的说其他院校的，直到筋疲力尽、睡意翻涌才住口。

唐季过去暗恋我们班好几个女生，他写下一大堆感人肺腑但水平不高的情诗，他是光自己激情澎湃而不付诸行动的那类腼腆型男生，加上目标不够专一，力量分散，偶有机遇也错过了。他的暗恋对象之一是我们班最漂亮的陈溪，唐季没想到张戎也惦记这位美女而且敢于无畏地表白，表白之后还顺利将其拿下。

他极不平衡，内心郁闷，无处排遣，且又缺朋少友，再加上家庭变故留下了心灵阴影，在这个浮躁的季节他没能战胜身心的折磨，最终穿上了精神病院统一发放的病员服。

我和何良去看了他几次，他未见好转，总是沉默不语，呼吸粗重，至少有半个月未刮胡子了。他的眼睛盯向某处就会盯上老半天，眼珠也不转动。他以往也是无精打采的，但不是现在这副呆滞模样。

医生说："他受了很大的刺激，你们还是少来吧。他需要足够的安静。"

我们问："什么时候能好转？"

医生慢声细语地说："这就很难说啦，从目前情况判断，一年内重返校园是不可能了。"

我和何良互相看了一眼。刚以为可能有的希望，又因为他说话大喘气而化作了失望。

何良自此再未来过，他厌恶那里的人和环境，他说："任何一个角落都是神经兮兮的。"

我每天仍在坚持晨跑，压腿，引体向上，做俯卧撑，一个星期去两次拳馆。

好多天未见张戎来跑步了，我问徐亮："张戎怎么不来了？"

徐亮说："他说话的音调像个太监，我跟他没有共同语言，谁知道他死哪去了！"

我很快调查清楚了，他们寝室有人丢了钱，互相猜疑，内讧了。

张戎这个人我也不太喜欢，这个大便时喜爱看小说的家伙看不起任何人，一身的高贵感，梦想着成为明日的文坛泰斗。我们都讨厌目空一切的人。

相比之下，徐亮就憨厚多了，什么坏心眼儿也没有，所以我喜欢跟他接触。他什么都听我的，加上他酒量大，我遭遇酒场的强悍阵容时，会带他同去，他总能在危机时刻挺身相救，势压群雄，力挽狂澜。

在大学里，不交一个本寝室之外的朋友，你要么是太封闭了，要么是太愚蠢了。因为距离产生美，对男人来说，就是距离产生默契。

最重要的是，徐亮从不问余思雅、胡可可跟我的事，像不知道似的，这最令我快活了。早上是跑步的跑友，酒场是喝酒的酒友，看球是意见相同的球友，下棋是水平相当的棋友。这就够了。在大学里交徐亮这种朋友看的是机缘，不需要什么基础和附加条件。

张戎百折不挠，终于和陈溪更进了一步，从此有一个多月，他几乎天天夜不归宿。甭问，寻欢作乐呢！张戎神龙见首不见尾的日子里，我们公开议论他，有人说看见他去药店买六味地黄丸。

朱旭涛喜欢唱歌，他带他女朋友去唱歌，何良也会带着女朋友同去。我也愿意带上胡可可去凑热闹，少数时候是找不到胡可可就找余思雅去。说实话，胡可可虽比余思雅漂亮，但唱歌却稍显逊色。

如果是包夜，嚎到天明，那么朱旭涛一个人就能支撑半场，其他时间我们平均分配。朱旭涛是货真价实的麦霸，这一点是公认的。后来他的嗓子出了问题，他还是丝毫不加注意，挺好的嗓子变得沙哑不堪。

余思雅现在烟不离手，还经常酗酒。她穿着的品位越来越低下了，化妆化得妖冶之气十足。我讨厌她这副模样。

胡可可烟酒不沾，生活有规律，有着健康的生活方式和社交圈子。她可能从未意识到，唯有我是她生活里的污点。

她有时流露出简单而又肤浅的想法，比如有朝一日嫁给我，给我生两个孩子，一男一女，有了足够的钱后全家移民澳洲或者加拿大。我觉得她太不现实。她构建幸福的方式，多半源于幻想。

我们寝室虽然乱但是人流不断。唐季住院后，徐亮搬来了。这是经过老大允许的。徐亮这种老实巴交的人不会遭遇我们的反感，何况他吃苦耐劳，打扫寝室卫生又快又好，打冷水热水他一个人包了，大家高兴还来不及呢。

不管怎么说，徐亮还是有个性的人物。我们最终还是发现了他和我们的不同。我们大都优越感、自豪感较强，当然，小地方来的王德山这方面弱一些，但还谈不上自卑。而徐亮不同，他总感到自己什么都不行，一无是处。这倒越发让人看不起了，越看不起就越给他找活干。郝东甚至把脱下来的衣服都交给徐亮洗。徐亮当然不高兴，但这小子死要面子活受罪！

大家起初抢着去看唐季，后来都懒得去了，借口说去那种地方影响情绪。

何良直白地说："去了也不能把他解救出来，还是顺其自然吧！再说了，这病太古怪，太吓人，少去为妙！"

马上又要放假了，还别说，我或多或少有点留恋这段时光，这段时光让我懂得了忧郁是有情调的表现。多余的情感无处发泄是很能滋养人才的，忧郁诗人、忧郁歌手都是这么出来的。

放假之前，我们依照惯例出去痛饮了一场，一醉方休，告别了最近因唐季事件造成的种种忧郁情绪，又恢复了状态。

考试都是小菜一碟，轻而易举通过。我们的"作战本领"更高超、经验更丰富，对付那些高度近视的学究和温柔漂亮不发脾气的女教师得心应手。

可倒霉的何良还是被无情地擒拿了，他慌里慌张把提前预备的答案纸条吞进肚里，也未能幸免于难。结果是全校通报，何良的大名无人不晓，我们寝室再次声名狼藉。

一个月的所谓小学期又开始了。

"有个屁用啊，啊？兄弟们！"何良反应最激烈。他在微信群里鼓动罢课逃课，没人响应，他也就蔫了，于是他到贴吧里骂几句泄愤了事。

我们在王德山的带领下集体练起了游泳。学校的游泳馆里美女真多，我们看得眼花缭乱。不一会儿，欲望就有点膨胀。

陈溪在我们身边游来游去，更让我们不安分的心躁动不已。

陈溪说："你看看你们几个纯爷们，游的一个比一个难看！动作一定要标准，动作，你们知道吗？"

我们点头说："知道。"

何良嘀咕说："动作，就是姿势呗。"

我们嘿嘿笑，被陈溪泼了一身的水。

陈溪看看何良说："看看你那小细腿，还姿势呢！"

何良说："腿细咋啦？俺有力气！"何良正说着，他的小眼睛亮了。他冲我努努嘴，意思是你看谁来了。我一看，是胡可可。

胡可可走路的姿势很美，游泳的姿势也很美。何良冲我耳语："欢子，你看胡可可好看还是陈溪好看？"

"都不错。萝卜白菜各有所爱喽！"

"我还是喜欢陈溪这样的，眼睛更大，前面更丰满一点。"

我揪住何良的耳朵说："你的意思是胡可可不好看？"

何良告饶："怎么能啊，不好看还能当校花吗？我只是随口说说。再说，当你面，我还能说我喜欢胡可可吗？你不得揍死我。"

"其实就外形来说，我也是喜欢陈溪多一点啦！但是女孩嘛，你还是要了解一下内在，然后才知道自己是不是真的喜欢。"

"欢子，你那套理论太高深了，像我这样的土鳖你就别灌输了！"

回到宿舍，我们依旧拿何良取笑。笑声不绝于耳。

郝东说："咱们良子是细了点，但是人家想粗也照样粗呢！"

暑假来临了，王德山盛情邀请我们去他家做客，乘火车一个小时就能到。除了徐亮，我们都去了，一路上谈笑风生，在火车上大喝啤酒，边喝边甩扑克。

此时，余思雅正乘另一列火车去往南方，她打算把整个假期用来旅游。

胡可可家就在本市，我答应她三天后回来陪她过暑假。这次我又不准备回家了，事实上，四年里我只回过一次家，那是去参加我父亲的再婚典礼。

他和我母亲离异并未通知我，他给我找的继母三十出头，离过婚，但未生育，看上去还算年轻漂亮，也是生意人。

他们脸上都带着春风得意的表情，只有我冷漠傲然。典礼未结束我就不辞而别。

在火车站我给父亲发了短信，告诉他我返校了，我得以学业为重。半句祝福语也没有。

他大概相当失望。

半年后，年轻的继母卷走了他的全部财产，人间蒸发。不久，他卖掉房子，跟我的联系越来越少。

朱旭涛和何良一起去北京旅游，我跟着去玩了几天后返回学校。

我事先给胡可可打过电话，让她在出站口接我。果然，她已等在那儿。我一眼就发现了她，她也正兴奋地向我招手。

我们边聊边离开喧嚣的车站。她要带我去她家，她说白天她的父母都不在家。

她家位于一座颇具档次的花园小区之内，内部设计之豪华超乎我的想象，处处显出尊贵的气派。

我先去洗了把脸，然后接过她递给我的冰镇饮料，我咕咚咕咚喝了几口，一屁股坐在沙发上。空调打开了，我感到轻松舒爽了不少。

她问我："要不要洗个澡？"

我不加推辞。

其实只是冲了一遍而已。重点是把积满尘垢的头发洗净。

我的刮胡刀落到寝室了，胡可可把她副局长爸爸的刮胡刀找来给我用，我说不用了。现在我的样子可以演杨子荣。

她已准备好简单的午餐，是她亲手做的冷面。别说，味道真不错。

"看不出来，你很有厨艺天赋嘛！"我夸赞道。

"这个太简单啦，小意思！以后我给你做复杂的，我擅长做很多菜呢！都是跟妈妈学的。"

她眨着明亮的眼睛，诚恳地说着。她的头发剪短了一些，整个人显得更精神爽朗了，增了几分活泼。我夸赞了几句。

我说："你不介意我喝点啤酒吧？"我伸手从旅行袋里翻出几个罐装啤酒。

她嗔怪道："早说啊！有的是呢！"她从冰箱里取出两瓶来，又拿了两个亮晶晶的杯子，给我倒满，又给自己倒满。她嘻嘻笑着说："一人一瓶，不许耍赖哟！"

我们喝到三分之二的时候，胡可可的爸爸回来了。

胡可可和我措手不及。她的爸爸看到我后非常吃惊，我通过他的吃惊程度来判断，大概胡可可还未有把男生带回家的先例。

我站起来，伸出右手，彬彬有礼地说："叔叔你好！"

他并未跟我握手，只是微微点头，盯了我半天才说了一句："你好！"

胡可可缓过神来了，她向她的爸爸介绍我说："爸，他就是我跟你提过的乔欢，中文系的，是我请他来的。"

她的爸爸"嗯"了一声去了洗手间，半天才出来，传来冲马桶的哗哗声。他去里间卧室不知翻找什么东西，翻箱倒柜的，大概是找到了，这才出来。他的脸色好看了一些，用手指弹了一下胡可可的后脑勺说："以后带朋友来事先跟我请示一下，记住啦？"

"记住啦！"胡可可乖巧地回答。直到她的嗓音洪亮、肩膀宽阔、梳着整齐分头的爸爸离开了家，我们俩提着的心才放下。

胡可可说："对不起啊！他白天从来不回来的，真是不巧啊！"

我说："没事，我们光明磊落啊，没有任何不妥当行为。"

听了这话，她抿嘴一笑，脸微微羞红。

真是说到做到，她自己喝完一瓶啤酒。

临离开时，我吻了她额头，说："明天晚上之前我会租一套房子的，到时约你去我那儿玩。"

她的眼睛里闪出动人的神采。

"给我打电话。"她说。

"好的，空调别开太低，当心着凉。"

"我会的。"

我离开她的家，乘公交车去了一趟鞋城，买了双新运动鞋。然后我溜溜达达回到学校。在学校附近租套房子不是难事，当日下午就找好了，两室一厅，与两个考研的女生合租。她们很开心，觉得经济压力缓解了不少。我感觉好笑，她们就不怕老子雄霸了她们！

每月九百，我只出三百，总算有了落脚之地。

这两个女生并不漂亮，一个又黑又瘦，满脸雀斑，一个腰肢粗壮，说话憨厚。我刻意跟她们保持距离。她们也是中文系的，以师姐自居，总想在我这儿找点儿优越感，可我对她们没有半点尊重，连个招呼也懒得打。她们大概认为我跟她们一样冷漠孤傲，这样一来倒也相处太平。

我不在这里做饭，也不在这里吃饭，尽量不和这两个学姐正面接触，白天我一般安安静静地看电子书或睡大觉，有时出去逛超市，有时约胡可可出入于酒吧、公园、歌厅、影院。胡可可知道我与女生合租一房，她对我的住处非常感兴趣。我答应适当的时候带她去。至于什么时候是适当的时候，我也不知道。

唯一别扭的是上厕所，这两个女的可能都有点便秘，有时我等不及只好冲到楼下去那个脏兮兮的公用厕所。有一次那个胖师姐忘了插厕所门，我推门而入，闹了个大尴尬。自此，她见到我总是怒目而视，而且有一种藐视的意味。

我心里好笑，琢磨着，她们没准夜不能寐，怕我有所行动吧。

我打算让胡可可来了。

房间里没有空调。有一天路过破烂市场，我花了十五块钱买了个七八成新的台式电扇，噪音大了点，但风力足，我晚上睡觉舒服多了。

大一那会儿，国内还没有共享单车。我买了辆二手自行车。它忠实地跟着我直到毕业。毕业那天，我把车锁打开，任由它来去，把它变成了"共享单车"。

我就是骑着这辆车接来了如花似玉的大美人胡可可。那两个学姐看见了，都是一副惶惑的神情。

我和胡可可进了房间，我随手关上门，然后拧开风扇，打开一瓶饮料递给胡可可。她对我表示同情，一无电视，二无电脑，只有一床一茶几一烟灰缸，还有一破电扇。我补充道："还有一双拖鞋呢！地摊上买的，价值两块，一只脚踩一块。"

她说："够可怜的！"

我把刚买来的桃和西瓜洗干净，把西瓜切成小块，用盘子装好端给她。她只吃了一小块。

我看得出，她有话要说，在酝酿着情绪。

"你好像要说什么，是不是？"我问。

"你怎么知道？"

"瞎猜呗。"

"哦。余思雅找过我了。"

"什么时候？"我方才还心不在焉，现在聚精会神了。

"她放假前到我的寝室找过我，谈论一些关于你的事情。我想，她对你是有感情的，虽然有很多不好的传言，但我和她初次接触，她给我的印象蛮好的。她很直率，一点也不拐弯抹角，这一点我很欣赏她，因为我做不到。"

"她那是冒傻气，是耍酷充愣！"

"别那么说！"

"我早知道她会这么做的。"

"她跟我说，你们有过同居史，是吗？"

"她真卑……悲哀，杜撰的什么啊！"

"是啊，我也不信，可她真的这么说，我问她到底想说什么，她说劝我和你分手，因为你是属于她的，我真受不了她的口吻，还没有人对我这么咄咄逼人地说话呢！"

"以后你别理她，她是个无赖，我真后悔认识了这么一个朋友！"我装作蒙冤受屈的样子。

我问："你怎么回复她的？"

"我说我和你只是普通朋友，没她想的那么严重，她不必那么紧张！即使你们真的有什么关系，我也妨碍不了的！"

"说得好，对这种人就不能留面子。"

"那你说实话，你们到底交往到什么程度啊？你不是说你们早就分手了吗？"

"是分手了，可她还时不时地缠着我。我对她早就没什么感情了。我的直觉告诉我，我和她是没有结果的，所以我不想深陷在她设下的情网里。遇见你以后，可可，我就把她忘了，不理睬她了。这都是真话。"

"我信你。"

"我知道你是有分辨力的。"我暗自窃喜。

这天晚上，胡可可很晚才走。

我抱住她吻了很久，我说："我太紧张了，有一种要晕厥的感觉，可能这就叫爱吧。"

"我就喜欢你这种单纯可爱的样子。乔欢，你是我的王子。"

我心花怒放。送走胡可可，在夜幕低垂时，我满脑子都是胡可可的影子。

就在我恼火之时，有人敲门。

我习惯于裸睡，早已脱得光光，不得不一件件穿上，然后来开门。两位师姐几乎是破门而入，瘦小干枯者横眉立目地说："以后不准随便带人来，你影响了我们学习，你知道吗？"

我说："我不知道，也不想知道，我带人来你管得着吗？"

胖女答道："怎么管不着，我们不收留你，你就露宿街头了，装什么哪！你带男的来也行，还带了个女的，也不注意形象，真给中文系丢脸！"

我急了，嚷道："不带女的，难道还带男的？再说往外出租房子的有的是，你以为不住这儿我就没地儿去了是吧？你这什么逻辑，还考研呢！"

瘦师姐拉了拉胖师姐的睡衣说："别跟这号人计较了，他的脸皮比树皮还厚呢！"

我想骂一句，但还是忍住了。

开学前一个星期，余思雅回来了。藕断丝连成了我的心头恨。

我干脆把合租的房子退掉了，我只付了三百二十元。电费、水费我给了二十元。

余思雅对旅行见闻绝口不提，我一问，她就简单地敷衍了事："看照片好了。"

于是我看到了她每日不同的风姿、不同的情绪，看见了许多美丽的城市。

我和她都没有提胡可可的事。

开学前夕，我见到了徐亮，从他口中得知学校给不回家的学子留了一栋楼，十分宽敞。我责怪自己太懒，没到学校来看一眼，如此便捷的条件没有利用起来。

为时已晚，假期已至尾声。

何良约我到他家里吃饭，吃过饭去某高中校园跟高中生踢一场球，然后又去他家吃饭，他们家换了个新保姆，依然年轻漂亮、笑容可掬、温情无限的样子，胖乎乎的讨人喜爱。

"你和胡可可怎么样了？"何良问我。

我面带苦涩，丧气地说："唉！余思雅她不甘心……"

"不甘心就对了！我真没看出来她比余思雅好到哪儿去，也不知校花是谁选的。校花往往只是一小撮人宣传的结果，跟炒作差不离。不然的话，几万人的大校，你就是貌比天仙也可能没人知道，特别是这种文静型、淑女型的女生。"

这段时间杂事特多。最让我们感到痛心的事情，就是唐季住进精神病院一去不复返。

徐亮恰与唐季生辰相近，我们称之为"徐老五"，与"唐老五"加以区分。"唐老五"渐渐被我们淡忘，偶尔有人提起，便会回忆起那些共度的灿烂时光。唐季曾是我们寝室军训时走正步走得最好的，还会连续空翻，但胳膊太细，夸张点儿说，跟面条似的，引体向上只能做一个。

现在我们寝室分作两派：考研派和自由派。考研派有三个人，王德山、朱旭涛、徐亮，由王德山领导，他们三个经常同时行动。其余几个是自由派，各自行动。

大三开学，我们到东门的小酒店聚会，好一番开怀畅饮。我们约好了，不醉不归。

只喝白酒的底线是一斤，只喝啤酒则上不封顶。我和王德山喜欢白酒，我们喝完一斤白酒的时候，他们才喝了五瓶啤酒，一个个直打嗝。"五瓶起步，别忘了规矩！"王德山说。

何良已经有点晕乎了，他还在逞强："不行，今天十瓶起步！"

朱旭涛乐了，说："我们没问题，就怕你到时走不了步！还起步呢！"

何良还真就趴下了，被朱旭涛背回了宿舍。

朱旭涛回来之后说："良子醉了，醉了之后开始说梦话，说张小溪我爱你！"我们哈哈大笑。

王德山也乐了，说："良子有眼光啊，我也看张小溪不错，亭亭玉立，走路的时候回头率基本上是百分之百啊！"

郝东说："那大哥你咋不追呢？张小溪还没主呢！"

王德山一摆手说："在心里想想就行了，人家是天使，咱是啥？"

"大哥，你这条件还有啥自卑的？你这个头，在咱们中文系排第一。"说完，郝东朝我耳语了一句，"大哥下面的个头，也能排第一。"

我没想到他的思路跳得这么快，差点把酒喷在他脑袋上。

郝东说："要说中文系，最漂亮的是陈溪，最难追的是张小溪。"

王德山说："陈溪很热情，对谁都不错。她英语过六级的时候，还请我吃过饭呢。"

郝东说："那是对你热情，她从来就没正眼看过我。女神心里都有点高傲。"

我说："女神根本就不存在，是你把她想得太完美，她才成了女神。你稍微多了解她一点点，说不定会改变看法。"

王德山说："我不同意，我还是一个坚定的女性崇拜者。我喜欢把女生看作圣洁的天使。她们就像一面镜子，能够照见我们灵魂的虚弱和卑劣。"

郝东说："你可别逗了大哥，还圣洁的天使！"

我说："心里有点念想，有点理想主义毕竟是好事。不然这么感伤的青春年代怎么过嘛！"

王德山说："不是理想主义，是现实主义。女神的外在形象和内在品格都不是虚幻的，都是实实在在的。"

朱旭涛急了："磨叽啥？喝酒喝酒！这么多酒还堵不住你们的臭嘴，啊？"

我又喝了两瓶啤酒，突然心情变得很糟糕。因为我想到余思雅，刚和她在一起的时候，她在我眼里也是圣洁的天使。这是百分之百不打折扣的。可是时间常常让最美好的初衷有所改变。生活就是如此古怪，不论多么完美的形象，当你开始走近、了解的时候，那形象升到顶点后就开始一路走低。

所以，是不是恋爱本身就是一门遗憾的艺术呢？你全力以赴、九死不悔地呵护它、膜拜它，它却让你灰头土脸、神经兮兮、脆弱感伤、降低自尊，让你的神经经不起哪怕最微细的风吹草动。

朱旭涛问我："咋啦？今天怎么闷闷不乐的？"

我说："喝多了，酒量不行了。"

朱旭涛说："不像你的作风啊，你以前是打死也不会承认自己喝多了的。"

我们喝完了酒去唱歌，几乎是朱旭涛一个人的专场。我躺在沙发的一角，迷迷糊糊地睡着了。

第二天我们去上课，王德山中途去了好几趟厕所。他还在宿醉之中。

除了教室、自习室、图书馆，我们待的时间最多的地方就是宿舍了。

男生宿舍的卫生往往不是一贯的好，也不会是一贯的差。但是差的时候往往居多。

最近王德山和徐亮也不打扫寝室卫生了，寝室乱作一锅粥，什么味道都有。大家干脆都找条破床单拉上帘，眼不见心不烦，回来就一头扎进小帐篷，睡觉或听音乐。

朱旭涛虽然考研的目标很明确，但是意志不坚定，有时跟我们四处消耗生命。

我开始对大学生活感到厌倦。我有意地拖慢生活节奏，慢慢洗脸，慢慢刷牙，慢慢刮胡子，慢慢爬起，慢慢躺下，反正时间有的是。

胡可可是很好学的，她几乎不缺课，每天忙忙碌碌。余思雅和我一样，时间多得浑身难受。

据我观察，又有人追求胡可可了。这不是在太岁头上动土吗？我弄清楚了，是外语系一外号叫"神童"的人，可能是记忆力超常吧。一天，在外院自习室，我有意坐在他后面，趁他上厕所之际，往他书包里塞进一个信封，牛皮纸的，脏兮兮的，里面只有一张小纸条，写着："离胡可可远点儿，小心挨揍！"落款是"你二爷"。随后我悄悄离去。

看来这小子胆小如鼠，这招奏了效，他再没敢到胡可可面前献殷勤。有时候要达到目的，只需略施小计便可。

我们大学所在的城市没江没河，缺了一点灵气，好在人工湖颇多。我喜欢水，见到水就消除了一切郁闷。余思雅、胡可可也喜欢水，我周旋在她们之间，交替地与她们来湖边散心。

我和余思雅的关系是复杂的，介于朋友和情人之间，兼有二者的特点。我想我和余思雅的爱情发展至今已经变了味，和胡可可也只是精神上互相喜欢，我对她的感觉止于欣赏。在我心里，美是不能够被玷污的。

一种虚假的高贵在我心里作祟，这个缺点不断给我增添新的痛苦。有时我很希望她们中的一个彻底将我抛弃，使我分离的灵魂还原为一个整体。然而命运弄人，她们对我不离不弃。这让何良、郝东他们羡慕不已。

用他们的话来说："你小子真有艳福啊！艳福不浅啊！"

我说："只怕好景不常在。我且受用这无边的风月好了。"

朱旭涛说："朱自清那烂句子你也套用？"

朱旭涛总是这样，自命不凡、目空一切，没他的事他也掺和，想表明他鹤立鸡群。

不过，我们也理解他，容忍他，特别是这学期他的女朋友投入到某个小一届的生物工程系男生的怀抱。浪漫的中文才子落了败，其懊丧程度可想而知。而事实我们后来才清楚，是他抛弃了人家张月。他在我们面前说的都是谎言，表现出的情绪和状态都是演戏。真是演技派中的高手！

何良又紧步他后尘，也因一次吵架与女友分了手。自此，何良的机敏特性大打折扣，他明显反应慢了，迟钝了。突然失去爱情的滋润，多数男人会失落一段时间，但像何良这么不堪一击者确实少见。

我手里仅剩的二三百元支撑不了几日，马上就要"断粮"了。我必须面对残酷的现实，实施自救，不得不自力更生了。

于是我重操旧业，干家教，累得头昏眼花。家长和孩子都爱挑毛拣刺，这个饭不怎么好吃，我开始寻找新的出路。

一家时装店刚开业，招男女模特各一名。我去了，被妖艳的老板娘一眼相中，她说我的鼻子跟金城武特像。我报以虚伪的微笑，其实心里在哭，因为这话伤害了我的自尊。我就像被挑选的一只小动物，被人指手画脚、品头论足。

我刚要一怒离去，老板娘掷地有声："你过关了。"我一点也不觉着高兴，但还是立即辞掉家教工作，来这里了。其实这份工作为期仅十天，一天给可怜的一百元。每天需要像售货员一样站立良久，腰酸背痛眼冒金星，十天下来，我发觉自己变痴呆了。

我领到一千元的那天，和那个名叫李娅的生物系女生吃了一顿饭，因为她也是"过关"者，跟我一样，站了十天。这是个排骨女生，瘦得要命，但个头儿出众，虽无姿色，但也不算丑。老板娘一定是奔她的身高做的选择。

同病相怜，吃顿饭是应该的，再说是校友，就当发泄郁闷了。我们大有一种"同是天涯沦落人"之感，因为她也很在乎这一千块钱。她和我一样，看不出任何高兴的情绪。我感到奇怪，问她："发财了，怎么不高兴？"

"你不是也不高兴嘛！"

"那倒是！感觉被奴役，很压抑，怎么可能会高兴！"

"那就节省点嘛，怎么不管你父母要？"

"一言难尽！我特别能花钱，只好自食其力了。"

"不必愁眉苦脸的，钱不是最重要的，重要的是快乐。"

"这么荒唐的理论你也信？"我说。

"我这不是安慰你嘛！得，就当我什么都没说。唉！"她叹了口气。

"一起吃顿饭吧！"我提议。

她注视着自己的脚尖走路，似乎没听见我的话。

"就在这儿吧！"我指了指一家饭店的匾额。她懒洋洋地看了一眼，点了一下头。

坐下后，抓起菜单的她目光炯炯，一口气点了六个菜，问我喜欢什么，我说都可以，我来者不拒。

她说："就这样吧！喝什么？"

我说："你呢？"

"我喝啤酒。"

"我也是。"

"两瓶啤酒。"她冲服务员说。

"好的。"服务员记下，去准备了。

"你平时也这么闷闷不乐？"我问。

"偶尔吧，我也不知道。"她说。

"遇到事的时候想想你最辉煌的时候和你最怂的时候，也就没什么过不去的坎儿了。"我安慰她。

她莞尔一笑。

菜上得很快，尽管如此，我们仍对上菜速度感到不满，啤酒见了底就是证明。

她吃相太难看了，一点也不淑女。她的头发很短，看起来很利索，两只手的手腕上各戴一只手表，我十分好奇，问她："为什么戴两只？"

她说："我是要帮一个朋友拿去换电池的，我怕想不起来，就干脆戴在手上了。"

"哦！"我点点头。

吃过饭，我付了账，见她已把所剩菜打了包，她说要给姐妹们带回去。

我说："拿回去也没地方热啊！"

她说："我不是说了嘛，给她们拿回去，至于她们怎么吃我就不管了！"

我和李娅在饭店门口拦了一辆出租，我到余思雅所住的小区门口下车，然后出租车送李娅回学校。

三天后，李娅约我去唱歌，我当时正跟兄弟们喝酒，找了个借口就走了。见到李娅后，发现她旁边坐了好几个大长腿美女。我说："这都是你朋友？"李娅说："是啊，都是我的好姐妹，她们听我说起你，想见见你。"

我说："幸会！你们唱吧，我喜欢听。"

我只是谦让一下，没想到她们全是麦霸，我在一边干坐了一个小时。唱得好还说得过去，最后我佯装还有事，逃之夭夭。

回到饭店，兄弟们还在鏖战。见我回来，他们骂骂咧咧，又要了两瓶白酒，说是要惩罚我这个逃兵。

我虚张声势，说："都给我，谁也别跟我抢！"

何良说："欢子尿性啊！"

我说："吹吹牛皮呗！"

我们喝到快要封寝的时候，晃晃悠悠地回宿舍。到了宿舍，我们把打包的菜和剩的酒往桌子上一摆，继续喝。

第二天，李娅向我道歉，说她的姐妹们不太礼貌，怠慢了我。我说没事，唱得挺好听的。

从此李娅找我，我一概推辞。后来她守株待兔，在我们宿舍楼底下把我等出来。她把我拉到一边，说是要给我介绍对象，她们寝室的，一米七多，皮肤特白，声音好听。我说："个再高，皮肤再白，声音再好听，也跟我无关了。我有女朋友了。"李娅可能是气坏了，后来没少编我的绯闻，还说我袭胸。

我哭笑不得，心想，你有胸吗？

何良信了，说："欢子，我知道你口味不轻，但没想到你口味是这么的重……"

04

青春是只什么鸟？就是一只瞎扑棱并且叫声难听的鸟。

——欢子语录

　　余思雅正在和她的两个好友聊天，三个女子悠闲地吸烟，不时地发出一阵大笑。听上去一定有人笑出了眼泪。

　　我猜想，她们大概是在谈论小鲜肉或性功能方面的问题。我用余思雅的手提电脑在客厅上网，听不清她们聊的内容。

　　这两个女子最近常来，听余思雅说，她们不是大学生，是社会上的，至于从事什么职业我就不清楚了。都是丰韵撩人型的，年龄二十岁上下。后来我在酒吧见过她们，她们就是在那儿工作并找乐的。余思雅后来也加入了她们的队伍。我骂她胸大无脑，她丝毫不生气。

余思雅声称要供我钱花，江湖义气的口吻。我起初拒绝，后来还是花了她的钱。我告诉她我会还的，我不是被你包养的小白脸。余思雅只对我如此慷慨，连对她的弟弟她也是吝啬的。我感到亏欠她的，不是钱，而是情。

她把我看成真正的哥们儿、朋友，还有情人。她在乎这些，她还在乎享乐和自由。

余思雅这么做只是为了钱，她想吃得好一点，穿得好一点，想干什么就干什么，没有钱又想以这样的生活方式生活，就只有做些为钱而做的事情。

余思雅用烟和酒来发泄，也不知她在发泄什么，她从不表白她的痛苦。她的口头禅是"还好啊"，就这么不咸不淡不痛不痒的一句。不过她的表情告诉我，她对世俗是很厌倦又极反感的。她的笑容越来越不真实了。我想她并不喜欢现在的自己，连同她的生活方式。

我不时地表现出对她的鄙夷，她从不反驳，只是极轻蔑地看我一眼。

几个月里，胡可可身边常出现一个三十岁上下的神秘男子。她说是她表哥，我也未太在意。她和我在一起的时间少了，说是忙着排练英文话剧《罗密欧与朱丽叶》，她是全权负责人。于是我只能乐享过剩的自由时光。

郝东买了平板电脑，天天晚上放日本成人电影，我们寝室很快成了夜场电影观看地。许多我们不认识的男生慕名而来，欲一饱眼福，被我们厉声拒之门外。他们顺门缝瞧去，见播放内容不过是些枪战武打，也就不计较了。

经郝东提醒，门关严实了，没有一丝缝隙，任何贼眉鼠眼的目光也无法透过了。

晚上十二点以后，好戏才正式上演。声音调小，一群色狼聚在小屏幕跟前，探着脑袋，眉飞色舞，垂涎欲滴，像一群狼围住了一只受伤的小羊羔，个个要冲上去饱餐一顿。

饺子吃多了也腻。夜场的被关注程度过了一些时间就趋于饱和了，然后略有走下坡的势头。

王德山的威慑力已全然无效，他一个人搬出去住了。他租了一个小平房，有床，有衣柜，有炊具，有一个破旧的写字台。他乐得闲逸，在那里靠近他的考研梦。我们一开始觉得对不住他，可一看他那么如鱼得水，也就不觉得亏欠他了。

他的寝室管理方式从大一大二时的充分控制突然变成了充分放任。这种变化是有原因的。这年春天，他的弟弟因与人酗酒而死。

这对王德山的打击太大了，当时我们对老大的不幸保持了沉默，因为过于巨大的伤痛只有通过自己的咀嚼和舔舐才能淡化。王德山的阳刚之气、英武之气似乎一夜间消失了。他仍旧穿着那套高中时代的黑色运动服，仍旧话语不多，但性情变了，他不再提任何的批评意见，任我们胡作非为。我们对他个性由刚毅向温顺的转化没有多少觉察。我们觉察他人的敏感度有时是很低的，心里往往百分之九十九装的都是自己的事。

王德山的父母得到一笔数额不小的赔偿金。不过，谁都知道，人的生命是不能用钱来衡量的，失去亲人导致的心灵创痛更不是任何补偿能减轻的。只有时间慢慢冲刷才能让人回归平静，把一切打击看淡，看成人之常情。

我一直维护大哥的威信，但不知什么时候开始，我们寝室的凝聚力没了，每个人各扫门前雪，只顾着自个儿舒服。大哥的威信也维护不住了，这个寝室已不需要领导，大哥看上去也不在意还有没有威信，大概他从来就没在意过。

两年多的大学生活经历告诉我，每个寝室都有一个受气鬼，谁都想方设法给予其精神的踩躏，寻求暂时的快慰和平衡。过去是公认的怯懦男生唐季，现在是肩宽、腰粗、内心纤细软弱的徐亮。

某一天，徐亮一定是忍无可忍了，他爆发了，与何良展开"艰苦卓绝"的长达一小时的对骂。可别小看了嘴上的搏斗，那也是殊死搏斗，很累人的！

徐亮的优势是声音响、底气足、后劲无穷；何良的优势是先发制人、训练有素、经验丰富。

起因很简单，何良每天中午都要掏出他的铁观音罐，拈出少许茶叶，泡上一杯茶。今天他等到十二点四十，见徐亮仍未去打开水，而是钻进了被窝，忍不住大嚷："亮子，打水啦！"

徐亮探出脑袋看了他一眼又缩回去了。何良见他一言未发，更加气恼，骂道："改嫁过来的猴子也想当王，我看顶多能当个王八！"

徐亮憨厚却不傻，他知道这话是冲自己的，而且说得太缺德了，他越想越生气，憋得满脸通红，回击道："你那个样儿才像只王八！"

何良见对手正面出击了，遂使出浑身解数反击，什么"蠢猪、蠢驴"都骂出来了，徐亮还真没受过这个。我们都麻木地坐观虎斗。郝东拎着暖瓶去打了水，他回来时，吵架正近高潮。何良嗓子都哑了，渐渐不支，露出颓势，后来演变成硬挺了。何良山穷水尽黔驴技穷之际，徐亮却厚积薄发愈战愈勇了。

胜负已分。郝东拉了拉掐腰伸脖两眼如斗鸡的何良说："不就为一口茶嘛！都给你泡上了！这何苦呢，惹得四邻不安，兄弟们睡不好觉！"

何良顺应形势，调匀气息，一口一口呷着茶。徐亮一副胜者为王的雄赳赳的姿态，拍了几下自己粗壮的大腿，声音响亮，像是示威，然后回床睡觉。

我们忍俊不禁，各自休息。

徐亮"罢工"以后，郝东和我承担了打水重任，其他人轮流扫地。

我不时地去余思雅的住处厮混，消磨时光。她那儿的烟酒不断，而且档次不低，我将她的家戏称为"思雅酒吧"。

花她的钱，我也是大手大脚。消费水平形成定式，就有了势不可当的惯性力量。

我的酒量不断提高，这都是受了余思雅的影响。我至今还没见过比余思雅更能喝的女人。

千杯不醉，那是夸张，但是有千杯不醉的气势的人，是存在的，比如余思雅。

我猜想她酒风形成的背景，可归到四个字上：鄙视世俗。

过去她自轻自贱，现在她自视高贵，她注定要在两极上徘徊了。

有一天，余思雅郑重其事地告诉我："胡可可有了新的男朋友。"

　　我十分惊愕，因为中午时我还和她在一起吃饭，并没有什么异样的发现。

　　余思雅坚称："是真的。不信你自己去问吧！"

　　"你怎么知道的？"

　　"这个你就别管了。"

　　"你必须告诉我。"

　　"为什么？"

　　"因为只有你是我的哥们儿啊！"

　　余思雅转过身来，深吸一口烟，将烟雾喷到我脸上，我急忙闭眼，狼狈不堪。

　　我可以躲开，但我没有躲，我现在只想弄清一个问题：胡可可怎么可能有男朋友呢？

　　余思雅得意地望着我说："你还是自己去问问她吧。我想她会告诉你的，只是个时间问题。"

　　"我不信。"

　　"信不信由你。"

　　说实话，我还真有点儿信了，因为胡可可最近和我在一起的时间很少，而且不像以前那么亲近了。她只是滔滔不绝地讲排练话剧的趣闻。她不是幽默的人，笑料一点也不好笑。

　　我只是敷衍地笑。

　　想到这些，又想到余思雅得意的神情，我觉得有必要高度重视事态的发展了。姑且信之，伺机窥察。

　　我的窥察本领很高。可几天时间过去了，一无所获，线索为零。

就在我即将打消疑虑的某天晚上，郝东神秘兮兮地拽去我的耳机。我刚要发作，听到他说："我看见胡可可了。"

我一下子精神抖擞了，盯着他问："看见她在干什么？"

郝东放低声音说："你可有点心理准备，我怕我说了你受刺激。"

"没关系，你说。"我的耳朵都快竖起来了。

"我刚才在女生宿舍楼下看见胡可可被一辆白色奥迪接走了。"

"真的吗？你没看错人？"

"绝对错不了，我什么时候骗过你？也没必要骗你……我可是好心的哦！"

我愣了半天神儿，之后抓起手机，拨了胡可可的号码，她关机了。

我拨了一整夜，她一整夜关机。

直到第二天上午八点，才打通，她没有接。一夜之间，我的脸像收割过的麦地一样显示出宁静和沧桑。

我给她微信留言："晚上六点，东门肯德基，请你吃饭，然后散散步。今天是十五，月亮一定很美。"

她只回了两个字："好的。"

不大一会儿，她又发过来一条："如果没有特殊变动的话，就按你说的时间地点。"

那天，胡可可如约而至。

她的长发柔顺地泻在肩上，我的心一下子变得柔软了。我敏锐地感觉到她体内磁场对我的控制，我只有听其摆布。

大屏幕正播放《小鬼当家》，几个中年妇女笑得前仰后合。其中一个妇女边笑边赞道："逗死了！"

在这样优雅愉快的氛围中，我预先设计的一些不甚友好的话语纷纷逃之夭夭。我说的是一些闲话、废话，已忘却了正题。

胡可可有些心不在焉，东瞧西看，像有她认识的什么人在附近似的。我问她："怎么了，有朋友在这儿？"

"哦，没有……这里挺热闹的。"

"第一次来？"

"是呀。"

"感觉如何？"

"不错，我喜欢这里。你看那边的孩子多可爱……"

我顺着她指的方向望去，看到了一个活泼可爱的小男孩，正学着电影里的小男孩做出各种表情。

"是挺有意思。"

不知哪里碰碎了一只杯子。霎时寂静，所有的眼睛都在搜索声源。

"是那个爱模仿的孩子。"胡可可笑着告诉我。

"顽皮的孩子都是不小心的。"我说。

"所以才更可爱。"

这样的逻辑我还转不过弯来，不过我机械地点了一下头，这意味着我接受了。

胡可可今天真的开心至极，她自娱自乐地讲着不好笑的笑话，然后在快讲完的时候抑制不住地激烈地笑。桌上的杯子摇摇晃晃，我急忙扶住。她见我不笑，却笑得更厉害了。我感到莫名其妙。

往回走的路上，她挽着我的胳膊，轻轻哼着《挥着翅膀的女孩》。我也想挥舞什么，但是什么都没有。

这天晚上，月儿皎洁，风儿轻柔，操场上热恋的男女出双入对，海誓山盟，以各种姿势表达着不同的爱情观念。我如入无人之境，揽住了胡可可的腰。她并不拒绝，我小心翼翼地行动着，她很配合。她和余思雅很不一样，她是安静的，在高潮到来时也只是呼吸紊乱急促，心跳加速，嘴巴张开，吐出我喜欢嗅的气息。

激情过后，我们紧挨着躺在巨大的夜幕之下，任幽幽的夜空俯瞰我们的一举一动。我想，我们的想法再隐秘，也逃不过宇宙的明察秋毫吧。

面对浩瀚的宇宙，人类的精致伪装都是一些不足挂齿的雕虫小技。我突然这样想。

那么，呈现真实吧。

真实的生命可以充分领略宇宙法则，例如平等、尊严、智慧、和睦、进化。

"你能不能离开余思雅？"胡可可的声音有些沙，听起来让人心疼。

"你知道我和她的事了？"

"怎么会不知道呢？不论你隐瞒得多么好，我都会知道的。"

"是啊，没有不透风的墙。"

"我是因为爱你才希望你离开她。"

"这不大可能，我只有她一个朋友，她了解我的全部弱点却能毫不厌弃地接纳我，这是谁也做不到的。"

"我不希望我爱的人同时喜欢一个不三不四的女人，这会使我受到伤害。"

"难以置信，你竟会这样想！"

"做出选择吧，乔欢，这是你的最后机会了。"

"别让我为难。"我说。

"这句话也许我说更合适。"

沉默让夜色更美，对话只会消解它的美，何况是裹挟了冲突和不知所措的对话。

我的的确确陷入了不知所措的境地。

"也许我不该强迫你，但是请你谅解，也请你尊重一下余思雅的感情，她也许比我更需要你。"胡可可眼中满是泪花。这盈盈粉泪反倒激怒了我，我冷冷地说："你昨天晚上去哪儿了？谁的白色奥迪？"

她显然出乎意料，慌张的神色难以掩饰，她支支吾吾了："我……没有……哦，是我表哥的车，他接我去他家了，嫂子过生日，我要求去的，我不知道他们的住处，他们老是搬家……"

"够了！我不愿意听你撒谎。他叫贺泳，是个年轻的富翁，31岁，未婚。"我轻蔑地看着她说。

"你怎么知道的？"

"这你不用管，是他吧？"

"对，没错，"她不再躲闪，理直气壮了，"我们昨晚一直在一起，他对我很好。"

"你们什么时候认识的？"

"在你之前就认识，发展到现在是个意外。因为我一直觉得跟他在一起没有安全感，现在看来我是多虑了。"

"那你为什么要我离开余思雅呢，既然你认定了他！"

"还没有认定，不过很快，我做出决定只是朝夕的事。我很抱歉，让你勉为其难了。"她要走，又停住，回头深情地望着我。我不知为什么，此刻不敢和她对视，但我能感受到那目光的分量，灼热或者冰冷，我无法分辨。

她的告别语是："我想，余思雅更值得你爱。"

终点也是开始，我告诉自己。因此，没有绝对的终点。

看着她消失在夜色里，我觉得方才只是做了一场梦而已，可我分明有些瑟缩了。怎么这么冷呢？

突然下起雨来，雨越来越急，越来越大。我站在雨里，欲哭无泪，我在空无一人的操场狂奔起来，犀利的闪电仿佛是严厉的警告。我不管不顾，只是一味地狂奔。

回到寝室，我就病倒了。接着连打了几天吊瓶，吃了很多退烧药，总算好了。可是心里留下了后遗症。

朱旭涛这一阵子春风得意，拿了全校卡拉OK比赛的第一名，成了校园之星，女生心目中的白马王子。学校周边的酒吧相中了他，盛情邀请他去做驻唱歌手，每晚一个半小时。

他去了明月酒吧，我借机去那儿谋了一份男招待的差事。我的目的很单纯，第一，酒水免费，第二，可以赚点钱，省得吃软饭。

我雄心勃勃地秘密创作的一部小说已接近尾声。自习室忽然多了一个我这么个吊儿郎当的身影。

中文系以民间形态组织了一次别开生面的"情诗大赛"，张贴了海报，邀请了众多校园名人担任评委，我也在受邀之列。理由是，文学社是我一手创办的，是奠基人，是元老，功不可没，所以评委主席之位非我莫属。说实话，我是很在意这场安排的，长这么大，又没当过主席，所以这个角色着实让我兴奋了好一阵子。朱旭涛在酒吧唱歌有了收入，财大气粗，张口就赞助了五千元，还组织了一批歌友来颁奖晚会献歌，于是场面热闹非凡。我坐在了头排正中的位置，明显感受到了目光的压力。看来备受瞩目也不是什么好事，无数的眼睛齐刷刷盯着你，让你有被捆绑的感觉。

应邀参加的还有陈溪，出过散文集的张戎，演讲比赛三连冠的张小溪等等。陈溪和张戎的关系维系了不到两星期，再过一段时间他们只剩下了点头之交。

陈溪主持了颁奖晚会，她提到，此次大赛收到稿件五百余篇，中文系投稿数占总量的百分之九十一，还有其他院系同学的部分作品，这说明本次比赛得到了中文系同学的积极配合和其他院系同学的广泛关注，还有全校同学的广泛支持和参与。她说："我谨代表评委会向这些同学表示感谢。本次大赛披沙拣金，经过几轮筛选，评出特等奖一名，一等奖三名，二等奖五名，三等奖十名，优秀奖二十名，共计三十九名。"

颁奖从优秀奖开始，每颁一项奖之后，有一段热闹精彩的歌舞表演。大部分观众就是冲这些表演来的。我们寝室聚齐了，但未坐到一处，因为已经一盘散沙了。王德山来，是因为他被通知获了奖，几等奖不知道。特等奖有一千元奖金，他很希望得到这笔钱。

结果事与愿违，特等奖花落法律系，一个长相文静的女生得了这个奖。她领奖时十分紧张，有些语无伦次，最终还是镇定下来了。

她最后说："能得这个奖真的很意外，因为我对自己写的东西一点都不自信，我连优秀奖都不敢奢望，但是评委们对我提交的作品如此肯定，也给了我很大的信心，谢谢大家！"

陈溪接着说："评委们独具慧眼啊！才女就是与众不同，那么下面我们请我们的评委主席乔欢代表评委会说明这篇特等奖作品杀出重围一举夺魁的原因。"

我的脸上挤满笑容，我明显地感觉到脸上的肌肉因假笑而发生的痉挛，我说："好的，励敏同学的诗作《我傍着青春走了很久》深刻地道出了当代大学生的心理焦虑、心灵困惑和灵魂挣扎，我想我们每个人都会从中得到启发，如何寻求自我救赎的道路，如何实现自己想要的生活，如何正确地看待今日之世界。她表达了青春的迷惘、伤痛、不安和彷徨。青春就像一个十字路口，你必须做出抉择，何去何从，如何放置自己的灵魂。励敏同学的探讨就达到了这样的深度，充满了人性观照，蕴含了一种悲悯的人文情怀。我想这就是我们决定将特等奖颁给她的原因。"

这些话经过我反复修改，熟练记诵，所以说得十分流畅。我声音洪亮，满面红光，运筹帷幄之中，决胜千里之外。

台下掌声热烈。我微笑着与励敏握手，然后拍照，归座。最后朱旭涛压轴出场，引起持续的尖叫，他激情四射，高歌三曲，将晚会引向高潮。

在晚会行将结束前，主持人陈溪宣布："获奖选手的作品和未获奖的部分选手的作品已汇编成册油印成集，校内赠阅，数量仅一百册，有意者到前边来领取。晚会到此结束，感谢各位光临！再见！"

一百册诗集被一抢而光，大家疯抢并不是因为喜欢诗，而只是想知道获奖的诗是什么样子的，为什么他是二等奖我是三等奖。

　　散场后，评委会按事先计划出去大吃一顿。有人带了"家属"，所以队伍不算小。特等奖得主励敏也被我们邀请去小聚。她很爱面子，一时语讷找不到推辞的理由，被我们中文系有名的"悍妇"张小溪拖着走，她拗不过，只好顺从。

　　其实把特等奖给她，并不是因为她写得好，而是因为她的诗最特别，放在一堆里最扎眼。我们只对奇特之作感兴趣。别人的都是大同小异，像一个模子刻出来的，情啊，爱呀的，都是那一套陈词滥调。

　　励敏的作品走了不同的路线，她在开头写道："我的爱情/像夹在日记本里的蝴蝶/翅膀已不再柔韧……"她在结尾写道："我傍着青春走了很久/才发现/它已在不知不觉间溜走。"

　　经过我的强烈坚持，这篇作品得到特等奖。赞助费是我的兄弟朱旭涛出的，我又是主席，谁敢提出异议？都得乖乖地听着顺着。

　　励敏寡言少语，走路谨慎，润物细无声，眼神迷离而忧伤。

　　我想起何良又恢复单身，于是想当一把牵线人。

　　张戎细声细气地说："你长得像张靓颖，你们的气质很相似的呢！"

　　我心里想，完了，被张戎这个骚男抢先了。

　　励敏一笑，缓慢而轻柔地说："是嘛，没感觉呀。"

　　西门外的一家饭庄刚开业不久，我们最近常去那里，今天也直奔此地。

　　晚上九点刚过，我们必须一个小时内吃好喝好，否则就回不去了。励敏提议，吃完饭去她的出租屋，就在附近。那是她的"自主学习基地"。

励敏在路上和张戎聊得火热。

我一看，完了，苦命的何良还得继续光棍，人家这么一会儿就被张戎迷惑住了。我还真小看了这孙子！有一套啊！

大家早就吃过晚饭了，现在不过是图个热闹，以聊天为主，以畅饮为辅。

菜基本没动，酒却都没少喝，连几个女生也都表现不俗，酒风让我们刮目相看。

张戎出去进来，接连不断地上厕所，安静的励敏关切地问他："你没事吧？"

我的鼻子都要气歪了。张戎这小子在女生面前能装，不能喝硬喝，我和朱旭涛轮番敬张戎，把他整惨了。出了饭店，还没到励敏家，他就开始狂吐，一边吐一边说："你们先走！我得整理内务！哇……哇……"

励敏不像我想象的那么内向，她也很健谈，热衷于回忆，谈及她的中学时代，她就会神采奕奕、滔滔不绝了。

她在中学时父母离异。她强调说，她并未觉得受了伤害，而是加倍地怀念，时间流逝得越快，那些记忆的分量就越重。她说她不喜欢大学里面的人和生活。

我告诉她，我更喜欢大学里面的人和生活，虽然这也令我大失所望。总之，希望大于失望。

"你很乐观。"她评价说。

"你是个怀旧主义者。"我说。

"应该算是吧，也不完全是，你可能说对了一半。我嘛，还是个功利主义者，羡慕别人的成功，也会炫耀自己的优势。"

"你的诚实令我感动，敢于毫不掩饰自己的人太少了。现在的人大都惯于隐藏，把自己包裹得很到位，假话套话可以不经过思考就说出来。"

"我可不会隐藏。"

我们相视一笑。

励敏的住处很大，超出我们的预想。她一个人住，房费很贵。我们感到费解，她解释说："小的已经租不到了，这个房子是贵了点，但是清静，适合学习，我胆子小，不喜欢也不想和陌生人合住。没几个人知道我住在这里。"

"那你今天是破天荒地邀请这么多人了？"

"是啊。"

大家的行动一下子变得彬彬有礼了，也没人大喊大叫了。朱旭涛领一伙人在客厅看电影，张戎、陈溪、励敏和我在书房里打扑克。

坐在我对面的陈溪不住地给我递眼色，我心领神会，找个托词出来了。不到一分钟，陈溪也出来了。我们到励敏的卧室去，随意地聊天。她说她和张戎的爱情早就结束了。

"这是我犯过的最大的错误，悔死了！"她说。

"话也不能这么说，他还是很不错的，他有他的长处的。"我平静地说。

"我可没看出来。"

"那你就这么放弃了？"我暗笑。

"早就放弃了。选他还不如选你呢。"

"你太抬举我了。"我假装受宠若惊，心里却是怒不可遏。我琢磨着，跟谁比不好，非跟张戎比。

"我没有别的意思，你呀，也别想得那么美，我还不知道你，脚踏两只船。"

"你可能弄错了吧，我踏什么船了？我到现在还没女朋友呢！"

"瞎说！"

"真的，不过异性朋友是不少，像励敏，还有你也算哪！"

"厉害，没想到你撒谎也是面不改色的，小妹佩服得五体投地呀！"

"别，我长这么大从来没撒过谎。"

"瞧瞧，你这句话本身就是在撒谎。"

我叫苦不迭，赶忙转换话题，夸她衣着时尚得体，她心花怒放，哼起曲来了。

我想吸烟，但最终忍住了。

我现在每天用来吸烟的钱都够吃饭了。我懒得说话，不断地打着哈欠，听陈溪滔滔不绝地讲，我敷衍应和。

她谈兴甚浓，涉及无穷多的话题。我不知不觉地睡着了，一觉醒来发现已是凌晨五点。陈溪坐在小方凳上，伏着床头柜睡着呢。

我去了趟洗手间，发现整个客厅弥漫着烟气、啤酒味、可乐味，地上满是瓜子皮。他们在打麻将，电脑里放着张学友演唱会的DVD。

我回到励敏的卧室，叫醒陈溪，让她睡板床，我坐一会儿方凳。她也不推辞，看来真是疲倦至极。这个身高不足一米六的女生有着精致的面孔，只是微胖，但是很结实。我睡意全无，有点渴，出去在水果盘内挑了一个个头大一些的苹果啃起来。我努力让声音轻一些，怕吵醒陈溪。

"吃什么呢？"她像在说梦话。

"苹果。"

"给我拿一个。"

"哦。"

弄了半天，她没有睡着，只是打盹儿而已。

苹果拿来了。

"给我削削皮，可以吗？"她懒懒地说，只是抬眼皮瞟了一眼。

"好的。"我仔细削好苹果，递给她。我盯着她看，她一定注意到了我的目光，但这并未造成她的紧张。她懒洋洋的，一边吃苹果一边向我讲述她适才的梦境。

她说她梦到和一个傻乎乎的帅哥恋爱了，那帅哥送她九百九十九朵玫瑰花，站到她的宿舍楼下高喊："陈溪，我爱你！"

她说："我很感动，可我还是拒绝了他。虽然这有点残忍，那一刻，我觉得我拥有一种一辈子也不会再遇到的满足感。"

我说："够他受的！"

"不会吧，他有什么好痛苦的呀，谁让他喜欢我呢！"

"他哭了吗？"我微笑着问。

"我没看到。"

"但你可以听到啊，一颗心在风中碎裂的声音。"

"我的听力一般般。"她说。

我说："你理解不了的，你也理解不了那些玫瑰花的想法。我是说，它们一定会对你大失所望的。它们也许比它们的主人更加伤心。沉迷与痛苦属于同一种颜色，就是玫瑰色。"

"我倒第一次听人这么讲，你这人想法很特别的嘛！"她忽地躺倒又坐起身说，"你和张戎不一样，他只会说大话，骂老师，骂某个招他讨厌的女明星。他这人，太恶毒！"

"别这么说，好歹你们爱过一场。"

"那也叫爱？想起他我就生气，我恨不得打死他！你猜他对我说过什么？"

"什么？"

"他说我是他睡的第五个女生，你说他多恶心啊！"

"他太诚实了，难怪你生气。"

"哼，幸亏他诚实！"

我出去拿了一罐蓝带啤酒，想了一下，又多拿了一罐。

陈溪沉默着与我对饮。过了好一会儿，她问了我一个有关梦想的问题。她那郑重其事的表情有点像汪峰。我张了张嘴，把话又吞了回去。说什么呢？说得太大就等于吹牛皮，说得太小就等于鼠目寸光。其实梦想是应该搁在心里的，等到实现的那一天，再说出来，直接说一句——我的梦想实现了。这样才是好的。

她看到我欲言又止的样子，便不再问，轻微叹息了一声，喝她的啤酒。

她放下杯子，双手交叉支起下巴，像是自言自语："你不想告诉我是吧？我的梦想可以告诉你，我想开农场，不是一般的农场，而是城市农场，分隔成小块，挂上各式各样的富有田园意境的牌子，租赁给那些希望自己种菜、闲暇时找点自然乐趣的都市中产者。"

"好啊，有想法。我支持你哟！"

陈溪的睫毛很长，眨眼的时候特别美。但是我对她只有一种远观的欣赏。我有时感到奇怪，这么漂亮的女生，我怎么就没有兴趣呢？看来男生和女生真的有一种怪异的磁力存在。相互吸引就是相互吸引，难以吸引就是难以吸引。可能这就是所谓爱情诞生的根本缘由吧。陈溪喝酒很豪爽，跟我碰杯绝对喝得一滴不剩。

"我刚报到那天晚上，啤酒喝了一打，还喝了一瓶白酒，我没什么事，倒是把同寝室的几个挺嚣张的女生给喝得一醉不醒，找了几个男生给背回寝室。后来那几个男生和他们背过的女生都成了一对。"陈溪笑着说，"我也没想到我'弄拙成巧'，成了她们的红娘。"

"你长得也有点像红娘的。"

"怎么这么说呢？"

"你嗓门够大，给人感觉很直爽，同时你又很善于沟通，给人一种值得信赖的感觉。"

陈溪大笑，说："你看人还挺准的。不过我不是装的，我就是这种人，不掏心掏肺就难受。"

我点点头。

她说："我嗓门真的够大吗？我是肺活量够大。"

于是我们谈到了唱歌，谈到了美声唱法和民族唱法的区别，谈到了流行乐坛的一些不好的现象，谈到了邓丽君、邓紫棋和张杰，谈到了关闭唱法的优势和局限，还谈到了共鸣位置和音色的问题。

跟陈溪聊天我很开心，不知不觉我们喝了六七罐啤酒。

我们约好有机会去唱歌。陈溪说："唱歌是必须有的，但是我最盼望的还是跟你聊聊诗歌啊、小说啊什么的。"

"好啊，没问题。"

这时，励敏推门进来了，让我们出去洗脸，吃早点。

"早点是什么哪？"陈溪问。

"油条、豆浆、茶叶蛋，还有葱花饼。"

我们谁也没洗脸，直接去吃早餐。我喝了一碗豆浆，吃了两根油条、一张葱花饼、一个茶叶蛋。

张戎肠胃尚未恢复，只小心地吃了半根油条，舔了几口豆浆，一脸无奈又无辜的表情，像遭遇过野蛮人的蹂躏一样。

励敏看他吃的太少，怜惜地说："要不，我去给你买碗豆腐脑吧！"

张戎说："我已经饱了，我的小胃胃只有这么大本事啦！"

没人笑，大家都忙着喝豆浆。

吃过早饭，我们告辞，励敏一个人在家打扫战场。我存下她的手机号码，也给她留了我的手机号码。

回到寝室刮胡子，洗了把脸，寻思了一番，我决定放弃刷牙，将被展开，钻了进去，一觉睡到下午两点。

我用了半个小时决定是否爬起来，结果是我爬了起来，靠在墙上，连打了七八个哈欠。屋里空气极差，我打开一扇小窗，外面的风吹进来，十分清爽，原来，刚下过一场小雨。深秋的气息能勾起两种极端的心境，一是开阔，一是怅惘。我趋于后者，被怅惘包围。

两年多来，我似乎什么也没学到，烟抽了不少，酒喝了不少，网上了不少，觉睡了不少，对于明天既无预想，也无预见。我被动地在时间之流里滚动，这就叫浑浑噩噩吧。

我开始羡慕王德山，有着明确的奋斗目标，每天动力十足。我恐怕只有看《凡人修仙传》的时候能坐得住。我现在也不能说没目标，只是比较模糊。朱旭涛离开那家酒吧后，大家都不去了，他唱得那么红却离开，是因为总有客人捣乱。一个客人出两千块钱让朱旭涛把一首歌连唱十遍，结果唱到第九遍时朱旭涛呕吐了。后来他的嗓子变得越发糟糕。

世界的一条可怕法则是，一个人为了生活理想忍受苦难，在生活理想尚未实现时，却已付出了高昂的代价。

胡可可打来电话，说她和她男朋友今天去献血了，晚上想吃点好的。

我冷笑着说："那很应该呀，这么高尚！"

"我男朋友特别崇拜你，他听说你是情诗大赛的评委会主席，说你是个有品位的人，他很想见你一面，你能出来吗？我们晚上一起吃顿饭。"

"还有谁？"

"就我们三个。"

"不必了，我又没献血，今天又特别累……"

"谁不知道你都有献血证了，你献的次数最多。不行，你一定得来，我们等着你，他特别特别想见你……"胡可可的声音含糖量真高，今天尤其高。

"我真的很累，你们好好吃一顿吧！我真的去不了，抱歉！"

"那好吧。"能听得出胡可可十分失望，可我现在谁也不想见，特别是她还带来了身价颇高的绅士男友，我怎么可能跟这种人坐在一起呢！他有钱，我就跟他握手，谈天说地，客客气气甚至低三下四？这无论如何是不可能的。

胡可可失望的声音倒让我感到颇为舒坦。

最近徐亮魂不守舍，我一直觉得奇怪，终于有一天宿舍里只有我们两个在，我问他最近是不是有什么事。他抑制不住内心的情绪，哭了起来。他慢慢地讲，虽然不太连贯，但是我听明白了。他给本系的一个女生写了一本诗集表达情愫，送去的时候人家没有接受他的诗集，也毫不拖泥带水地拒绝了他的爱慕之意。人家直截了当地告诉他："我们是没可能的，连普通朋友都没可能。因为我对你没有感觉。没有感觉，你明白吗？"

徐亮一直没敢正眼看那个女生，他说："我明白。"

现在徐亮在我面前哭泣着吐真言："欢哥，我真不明白。"

我有些动容，但是我毕竟经历过爱情的风雨，知道爱情是怎么回事，于是劝慰徐亮说："徐亮啊，你的清纯和真诚是好的，但是追求女孩不是这个追法。你的做法放在民国时候可能会制造出佳话，但是在现在真的是不合时宜。你看看中文系，能写几笔的有的是，你写那一大本都不如人家厚脸皮渣男的一句假惺惺的"我爱你"来得有效。这是你的第一个问题，方式不对。你喜欢人家就直接说嘛，拐那么大弯干吗？你要是写得不够好，人家看了还会当作笑柄。追求女生不能太含蓄，要有爆发力，要果敢，要看时机，还要能进能出，全情投入但又别陷太深。谁陷得深谁输，兄弟。咱们这个年龄段都不够成熟，但是在感情问题的处理上不能让人瞧不起。你第二个问题，是自信心不足。没有自信怎么谈恋爱？你连正眼都不敢看人家，人家怎么会喜欢你？你以为羞涩腼腆是美德吗？那是硬伤。你看看欢哥我，喜欢谁就大胆地表达和行动，而且人格上必须平等。第三，如果她那么相信感觉，基本上说明她有体验，可能已经有喜欢的男生。她不会有心情跟你谈个人理论。再说她说得也没错，吸引力起码是爱情的一个基本前提。爱情这东西，就像一场雨，哪有云，就在哪下。你那儿没有云，雨怎么会下呢？"

徐亮懂了我的意思：你不是她的菜，对不上她的口味，她怎么会喜欢你呢？就是这么简单的道理啊！

"你知道大学追女四大俗吗？"

徐亮问："哪四大俗？"

"给女生写诗，给女生送花，大庭广众单膝跪地向女生示爱，利用女生宿舍楼对面的灯光拼出某某某我爱你字样。"

"嗯，这些都套路化了。确实是有点烂俗没创意啊，看来我俗不可耐啊！"

"也不能那么说，搁在民国你是徐志摩呀。不过起码你锻炼了文笔，对女生的认识有所深化。正好明星诗社现在缺稿，你选几首送去吧，也算给这一段青春一个交代，画一个句号。"

"那欢哥要是换成你，你咋追呢？"

我想了想说："要是我操作的话，我会约她去看草泥马。"

徐亮乐了，问我为啥。

"成功了也就罢了，没成功我也算把她骂了。"

徐亮知道我在逗他乐，他的情绪好了很多。

他长长地呼出一口气，说："爱情这玩意，还真是不大好懂，也许人对了，就全对了；人不对，费尽千番力气绞尽脑汁也没用。"

"是啊，人不对，肯定是枉费心机。爱情这东西，就像一碗酸辣汤，喝的时候爽，其实没什么营养。"

徐亮问我："欢哥你说的都对，但是时间长了我怕我又忘了，能不能简简单单告诉我几个字，让我能记住？"

"行啊！第一个字，稳。心态要平稳，要自信，不能忐忑、慌张，就算真慌张也不要影响表达，更不能气短、张口结舌，否则直接就没戏了。第二个字，准。你要准确了解对方的基本情况，特别是性情和喜好，不能在认知度为零的情况下傻乎乎地去接触对方。比方说网恋，也有一定的成功率，它的基础是什么呢，就是自我感觉对对方多少有了一些了解，虽然这里头的了解可能有很多虚假成分，不过如果没这个基础，就会困难重重。第三个字，狠。语言方面要学会说狠话，海誓山盟掏心掏肺的话要敢说，行为方面呢，接吻和拥抱都要大刀阔斧，不能拖泥带水、优柔寡断，一定要充分体现你的火热激情和驾驭能力。你扭扭捏捏不像个男人，这么有个性的小姑娘怎么会看得上你？"

"这跟少林拳的要诀一样啊！"

我嘿嘿笑，说："正宗的东西都是如出一辙。"

他说请我去洗澡，我说那就洗吧。

这个学期我有选择地去听课，确有真才实学而非哗众取宠的老师的课，我会多去几次；照本宣科毫无创见的，我干脆只去两次，开学初的第一课和学期末的收尾课。因为记忆力好，我虽读书不多，但对古今中外文化还是颇知一二的。那些面对老师满脸崇拜只知记笔记者，我都看不起。怎么解释呢？知识的附庸。而且，那知识行将落伍，马上就会被淘汰，他们却有滋有味、如痴如醉、不加分辨地咀嚼。

这世上大把大把浪费时间的人有两种，一种是表面积极向上而一无所获毫无进步的人，一种是表面消极落后而同样一无所获毫无进步的人。

天气转冷，雪一直没有下。

周末，我们六个人去看唐季，买了很多食品和生活用品。

兄弟一场，对方有了变故，落了难，再自私的人也不会心安，不去看看难免心生内疚。尤其是病情出现前兆时，我们采取了漠视态度，任其自生自灭，痛苦挣扎，用王德山的话说："我们该有愧啊！"

两个多月没见到唐季，他整个人瘦了一大圈，头发乱蓬蓬的，活像只刺猬。

他的两只眼睛盯在门旁的痰盂上，一动不动。门口有好奇的精神病人探头探脑地往屋里看，看了一会儿傻笑了一声，说："傻的，哑巴，傻的，哑巴！"然后哼了几句"树上的鸟儿，成双对……"，缩回了脑袋。

唐季充耳不闻，仍盯着痰盂发呆。

郝东有些急，他拍了几下巴掌，见唐季还没反应，就趴在他耳边喊："唐季，我是郝东！"

这下有反应了，给唐季吓了一哆嗦，他一下子把目光的焦点移向郝东，他盯了几秒钟之后，准确、响亮、快速地骂道："FUCK！"

郝东乐了，他说道："这孙子，你看看，能骂人了，好啊，太好了！"

何良也来了兴致，他拍了拍自己胸脯说："老五，我是何良，何良啊，你还记得不？"

唐季以同样准确、快速、响亮的声音骂了一句："FUCK！"

我不信邪，我拉住唐季的手说："阿季呀，他们都不是好人，我是好人，我是乔欢啊！"

结果呢，通过唐季的嘴型变化判断，我知道他又要骂人了，所以，我跟他同步骂出来："FUCK！"

他看样子很吃惊，他大概万万没想到我和他同时骂出一句话，这是他所未经历过的，然后他又愤怒地补了一句："滚，滚出去！"

大家都沉默了，没人笑，心里涌上来的是酸楚的同情，尽管这无济于事，不能解决任何实际问题。

王德山走过来摸摸他的头说："唐季，你还记得我送给你的《老人与海》吗？你回赠我一本《哈姆雷特》呢！我是山子，王德山！"

唐季仔细地看了看他，眯缝着眼睛，然后轻轻地骂道："FUCK！"

我能感受到王德山沉重的失望和沮丧的心情。医生说，比上个月好多了。上个月死活不接受治疗，每天都是被迫打针和吃药，这个月已经懂得配合了，恢复得还不错。你们不能看一时，要看长远，用发展的眼光看待他的病情。

医生还要讲什么，被唐季劈头盖脸的一句"你们都不是好东西"给堵了回去。唐季眼神直勾勾的，说话恶狠狠的。确实不能用正常人的思维和行为作为衡量他的标尺了。

我们及时离开，唉声叹气。

朱旭涛和何良走在最前面，他们达成了共识，他们说："唐季这孩子彻底废了！"

　　"谁说不是呢！"

　　"真可怜哪！"

　　"跟傻了似的。"

　　"本来就是傻了嘛！"

　　我们盼望唐季康复的念头像肥皂泡一样破灭了。大家急于发泄不良情绪，一伙儿去打台球，一伙儿去打网游，一伙儿去看3D电影。

　　我请何良去一家新开的网吧上网，他待了不到半小时，有事先走了。我打算多玩一会儿，一边抽烟一边打游戏、听音乐。

　　我接到余思雅电话，她问我晚上是否有空，我说明天有空，今天恐怕不方便。她气极地说："今天不能来就永远不要来了！"

　　"喂，喂！"

　　她已挂断，义无反顾。

　　我深吸了一口烟，猛然想起今天是她的生日。

　　我连忙结账，出了网吧拦了一辆出租，去余思雅的公寓。

　　她一个人在家，形影相吊，人看上去憔悴得像一朵将要凋萎的花。

　　我抱歉地说："生日快乐！"然后递过包装精美的生日蛋糕。

　　"你还能想起来呀！"

　　"当然能，这比我的生日重要多了。"

　　"口不对心。"

　　"我说的是真话，你总是不相信我有多么诚实！"

　　"行了行了。"她给我倒了杯果汁。

　　我注意到，她的烟灰缸里积满了烟头，床底下是成堆的酒瓶，鱼缸里只剩下一条没精打采、半死不活的鱼，麻木地等待宿命的判决。窗帘脏兮兮的，看来她从来没洗过。化妆台上乱七八糟，食物、水果盘、光碟、杂志、袜子、影集、指甲刀、小镜子、唇膏、电话本、U盘，还有几粒瓜子皮张着干燥的绝望的嘴。

窗外阴沉沉的，车辆往来不断，人们依旧奔忙。"天气预报不是说今天下雪的吗？看来不准嘛！"我说。

"也许晚上下呢。"

我们去一家川菜馆吃饭。没想到郝东和何秀也在那里。

我跟郝东打了个招呼，和余思雅去了楼上的包间。

我们点了三个荤菜三个素菜。余思雅想喝红酒，我说好。

余思雅的脸黯淡无光，一副郁郁寡欢、愁绪满怀的表情。

她告诉我，她已经堕了三次胎了。医生说，她今后不能生育的可能性很大。她苦笑了一下，说："这样也好，反正我这人也不想结婚。想到将来某一天会嫁给一个男人，我就觉得像做噩梦。"

"那就一个人好了。"我说。

"现在我的朋友只有你能经常出现了。"

"我们是哥们儿嘛，假如没有事，我一定是随叫随到的。"

"我这几天在思考一个问题，我们毕业以后该怎么办？想一想就觉得活着很没劲，乏味得很！"

"你别这么想，活着多有意思啊！毕了业也没什么不好啊！毕了业，我们就自由了，再不用考什么试了，也不用坐冷板凳了！"

"你说的也对，但是钱的问题呢？"

"挣呗！"

"你是说有了钱的时候就会得到自由吗？"

"钱算什么，人生是很复杂的。我个人感觉，自由来自心灵的解放。得，不说这个，生日快乐！"

红酒燃起醉意是缓慢的，却后发制人。我和余思雅一人喝掉一瓶。余思雅的脸庞红润起来，话也多了起来。

她骂男人都是狗屎，只会用下半身思考问题。

"我也是？"

"你是个例外。你上半身也挺发达的。"余思雅没忘开玩笑。

我扶着她下楼。郝东他们早走了。外面飘起了鹅毛大雪，雪花漫天飞舞，像童话降临了现实。余思雅跌跌撞撞地奔跑起来，险些摔倒。她放肆地大笑，边笑边跑。我抓住她的胳膊，被她挣脱，她的蛮力我是领教过的。

回到她的寓所，她摸索出钥匙递给我，我开了门。

我想喝点什么，却被她一把抱住。她的嘴唇红艳似火，呼出欲望的气息。

整个晚上，我们相拥而眠。

生日蛋糕放在那里，没有享用，我们醒来时已是第二天早上七点。

"今天星期天，接着睡吧。"我说。

"不失眠真好。"余思雅模模糊糊地说。

我掀起被，端详余思雅，她明显胖了，变成了一个成熟丰韵的女子。

"盖上，冷！"她说。

我把被拉上，浮想联翩，不知不觉又睡着了。

醒来后，见余思雅已穿戴整齐，整个蛋糕被切成若干小块，还给我煮了咖啡。

"快起来吃早饭，咖啡凉了就不好喝了！"

我坐起来，到处找我的背心和内裤，她看了我一眼说："别找了，我给你洗了，都脏得不成样子。"

我不得不迎接不穿内裤的一天。

吃过简单的早餐，我对这一天毫无计划，决定下载几部新片在余思雅这儿看。我说出这个想法，余思雅说："英雄所见略同，你运气好，我前天下好的几部片子还没看呢！"

我透过窗户向外面看，雪已停止，积雪很厚，路上车辆行进缓慢，笨重的公交车艰难地移动。不堪重负的城市。

余思雅所在音乐系最漂亮的女教师佟某打来电话，说有一个亲戚想给孩子请一位家庭音乐教师，主要教钢琴，问余思雅是否有意，待遇优厚，并给余思雅留了她的那位亲戚的电话。

"你决定去吗？"我问。

"去，为什么不去？这是个好机会，再说，佟老师这是特殊关照。"

余思雅接了这份家教，从此忙碌起来。她说她很喜欢那个小女孩，有一些钢琴底子，而且有不错的资质和悟性。

我向余思雅表示祝贺。她也有几分得意。为了犒赏自己，她办了美容卡。我没有事做的时候，会陪她去美容院。

大学时光飞快地流逝。

清晨，睁开眼，颓丧的一天开始。有些日子不过是崭新的灰暗。

　　大一的时候，我是多么踌躇满志啊，眉宇间英气十足，声音充满自信，举手投足富有阳刚之气，连军训的教官都夸我是"大学生的优秀代表"！可眼下，我怎么成了这么个熊样子了。

　　进校门时是一听刚出厂的青岛啤酒，出了校门就是一个轻飘飘的可以踩得烂扁的易拉罐了。

　　他人的光有时是可以借来一点照亮自己的。我迫切需要参照他人的生活方式和观念，来检查、校正自己，摸索我自己的方向。

　　睡觉、上网、恋爱、酗酒等等，都可以成为方向，最后实在找不到方向或者混得晕头转向六神无主了，也许拼命锻炼体能或者进一步深造就是救命稻草。

　　大学都是出人才的，关键在于你是不是人才。谁中了什么毒，都怨不得别人，是自己找的。因为还有那么多功成名就者，也有那么多定力超强者、善辨是非者、洁身自好者。

　　比如一袋种子，哪怕只有一粒好的，那么将之洒向荒芜干燥之地，也完全可能破土而出，呈现绿意。

　　我在寻找一粒能绽放葱茏绿意的好的种子，依附之，或亲附之，以救赎不快乐的、水深火热中的自己。

　　我无法不清醒，同时，又在处处躲避清醒。生活是丰富多彩的，我对未来怀着茫然、好奇、恐惧等种种复杂微妙的心理。

　　既不高兴也不哀伤，这是我所向往的最好状态。因为高兴都是一时的，哀伤也不会延续太久，心如止水才是一种好的常态。

　　大三的圣诞之夜，余思雅喝得烂醉如泥。我把她送回家。她呕吐不止。印象中，她还没有喝到呕吐过。

她一直骂我是混蛋，我附和她，在她耳边说，我是混蛋，大混蛋。

我到客厅拿了一瓶橙汁给她喝，据说这东西有助于解酒。

我一边戴上耳机听歌曲，一边喝罐装啤酒。

余思雅已经睡着，打着均匀的呼噜。我惊异于她轻微的呼噜声，像是一种野性的召唤。她比从前又胖了些。

她似乎早就不在乎身材、穿着、化妆这些了。

她说她曾经的理想是衣食无忧、环游世界、睡到自然醒、粉丝无穷多。

她想做职业歌手，却不注重保护嗓子，吸烟饮酒大声说笑，嗓子已经变得嘶哑。

我开玩笑说："你叫余嘶哑得了。"

她总是无所顾忌，对什么都漫不经心。她轻易不生男生的气，大约只有同性的挑衅才会激怒她。

她说她在中学时是大姐大，没有哪个女生敢对她不敬。而男生又大多女性化，羞涩中带着几分痴呆，所以她不喜欢同龄的小男生。她喜欢成熟型男人。

我比余思雅大了两岁，我不知道我算不算成熟型男人，但是我知道，余思雅喜欢我这款的纯爷们。不够阳刚的小鲜肉对她构不成吸引力。

余思雅的手机响，我去接，是一个中年男人磁性的声音。

"余思雅在吗？"

"你是哪位？"

"我是余思雅的学生家长，"他大概担心我没听懂，又补充了一句，"余思雅是我女儿的家庭音乐教师。"

"哦，她今天身体不舒服，去不了。"

"是这样啊，那好的，我就是问一下。"

"抱歉。"

"没关系，那个——你是？"

"我姓乔，余思雅的男朋友。"

"啊，谢谢你呀，再见！"

我喝光五罐啤酒，五个易拉罐整齐地摆放在面前的茶几上。我盯着它们，突然感到很满足。生活不过就是如此，一二三四五，逐渐地自我麻醉，换取一种卑微的平和。

早晨，余思雅醒了，还是干呕。我给她做了鸡蛋面，她不吃，我强迫她吃，她勉强吃了一半。

窗子打开，让新鲜空气进来，我收拾房间，把垃圾装到一个纸箱里。

余思雅问我睡得可好，我说还好。她的苍白的脸上掠过一丝歉意。

"以后别喝酒了。"

"除非把喝水也戒掉。"

我知道她有多固执，便不再多说，让她好好休息。我返回学校。

寝室里只有何良在，他正蒙头大睡。

"都几点了，还没起？"我嘲弄他。

"死老二，你回来干吗？人家睡得正香呢！"他连被也没掀，挤出异常慵懒的声音。

我一把掀开他的棉被，这家伙竟赤条条一丝不挂。

"非礼啊非礼！"他叫嚷着。

我把被子放下，准备离开。

"你知道他们去哪儿了吗？"何良问。

"不知道。"

"他们去精神病院了，唐季把自己的腿弄残了。"

"什么？"

很快证明这是事实，遇到的不少熟人都在谈论这件事。

生活中，总是有些事情意想不到。如果想得到，事情可能更糟糕。所以，稍微有一点预感，保持一定的糊涂，是很必要的。

中学六年，我最鲜明的印象是每次踢足球时的兴奋和呐喊，散了之后的一身臭汗，有时会发现膝盖在流血。那时我就知道，爱拼有时也会输，甚至输得很惨，人得靠实力说话，并且个人英雄主义不能解决实际问题。

同学里不乏善良之人，但志同道合者少。天长地久，太难了。

像手机里的许多号码，随着环境变换，都是过眼云烟，迅速消失，大部分会失踪在记忆里，看到老照片时，也找寻不到半点线索。

我记不得某些场景、某些面孔，只有一些名字像枯枝败叶在阴暗的河流上漂浮。我探出手去，踌躇再三，决定放弃打捞。记忆里的沙砾和宝石同样在减少，经不起时间的冲刷。

余思雅是我记忆里最真实可感的部分，而且时时刻刻在生长，我在梦里丰富、完善那些与她共度的时光，我希望留住些什么。

余思雅的青春遍布伤痕，她将拯救的希望寄托于我，我没能领悟。清醒了以后，都太迟了。心已破碎，难以愈合。

余思雅做了半年的钢琴辅导老师，她两个星期和我会一次面。她被彻头彻尾的孤独、麻木包围，抑郁使她难以自拔。

有一种挣扎是欲说还休，有一种探寻是无声的泪。

她在五月一个清凉的夜晚服用了过量安眠药，在一座白色的小别墅里。幸亏被救及时。出院后她隐藏起来，谁也不晓得她的下落。我一直隐隐地担忧，怕她再寻短见，但就是找不到她。

我特地去看过那片别墅。那是绅士们寻欢作乐的一处隐秘场所。我感到一种难言的刻骨的痛。

我回到宿舍发呆，不禁又回想起和胡可可漫步校园的情景。清风撩动她的白纱裙，她曼妙的身姿显露无遗。我想，她大概是被虚伪的爱情蒙在鼓里，她的良好家境未能向她渗透分辨的智慧。她的白马王子是个心猿意马的花花公子，她必是伤透了心。我搞不懂，她聪慧过人，分析文学人物头头是道，怎么识别男人的能力这么欠缺呢！

何良说过："越是漂亮的女生，越容易沾上渣男。"看来是有一些道理的。

一天黄昏，我独自漫步校园小径，和胡可可相遇，四目相对，她眼里竟有无限的怅惘与忧伤。

大四的师哥师姐在短短两天里告别了校园，看到他们匆匆离去的身影，我仿佛看到了明年此刻的自己。他们都收获了什么呢？我到那时又会收获些什么？

我从一位师哥那儿买了一套《金瓶梅词话》，打算好好研究研究。他意味深长地看了我一眼，眼神里似乎蕴含了后继有人的深意。

05

这么好的青春时光，你们用来玩手机、睡懒觉，你们对得起那些练瑜伽、跑步、打羽毛球的花枝招展的正能量女神吗？

——欢子语录

余思雅悄悄地休学了。几个好哥们儿帮助我调查余思雅的近况，他们发现余思雅的QQ登录地点一直都没变，她一直在同一座城市。这让我很兴奋。他们还帮助我找到了余思雅的微博小号，里面有大量她的近期照片和讯息，原来她住在一个小区内，从照片来看，是新楼区，具体地点有待打探。从文字信息来看，她在淘宝上卖衣服，还给一些同行当平面模特，还给几本不太入流的杂志拍过封面。

不管怎么样，她这自食其力的生活看起来还很充实。我本该稍感欣慰，但是，我反而更加惆怅且痛苦了。因为她的日子平平静静，而我的日子依然风风火火，其实我是在用风风火火的假象掩盖内心的空虚，掩盖失去她以后的茫然无措和百无聊赖。失去以后才懂得珍惜，也许青春就是这个样子，许多的伤疤都连接着隐痛，都埋藏着一段过往。

我决定找到余思雅。这个念头让我既紧张悸动又浑身上下充满了激情。我只是不知道万一两个人再次见了面，会不会尴尬，会不会没什么话题，会不会就此搅扰了她本来已经风平浪静的生活。她要是根本不想见到我，我又何必出现呢？我很少这样犹豫，这次是个例外。但是行动上，显而易见，我已经做好了非见她不可的一切准备。

我的长篇小说《那些花儿》出版了。我晚上找了个小饭店自己点了两个菜喝了三瓶啤酒。啤酒下肚，我淡定下来。我在想，梦想真是个好东西，让人满足，让人快乐，让人心情悸动，让人精神振奋。我感到前所未有的充实，因为我实现了我的梦想，就是出版一部自己的作品。看来，拥抱梦想是一种正确的活法，以后我不能再虚掷光阴了，我得多做些值得做的事情。我在思考自己接下来该干点什么有用的事情。

第二天晚上，郝东请我吃了一顿饭。他说："我很羡慕你，欢哥你这样的才是正经八百的中文系学生。我们这些都是滥竽充数的。"

"看你说的，还把我捧上天了！我不过是有感而发写点东西，再加上运气不错，有人给出版了而已。这都没用，这都是务虚的事情。"

"你说的不对。文学是大虚大实，文学也能转化成巨大的生产力。当年我报考中文系也是因为喜欢诗歌、散文、小说这些东西，等我进了中文系才发现，自己根本没有这方面的创造力。你看看咱们系，能写点东西的，屈指可数啊！"

"你们光是临渊羡鱼，这不行，不写起来是不知道会发生什么的。"

"你说的有道理。"

我跟郝东碰杯。郝东问："欢哥你接下来还有什么我们不知道的计划吧？"

"有可能，不过现在还不知道。我正在想下一步的目标。"

"跟我你还保持神秘啊？"

"真的暂时还不知道。我这人，并不是每天都清清楚楚，多数时候是糊里糊涂。"

"你是少数时候糊涂，比如说你跟余思雅……"

"也不能叫糊涂，对或者错，在事情发生的时候是无法判断的。许多事往往过去很久以后，是非曲直才会浮出水面。有些事永远也无法判断，因为人并不是一贯保持着理性，有时就是感性占上风，也因为世上没有绝对的对或者错。聚散离合都是事物发展的某种必然过程。"

郝东喝完酒去打台球，我回宿舍看书。我打开一本书，半天没翻页，满脑子都是我和余思雅过去的片段。

我用在酒吧驻唱辛辛苦苦积攒下来的钱买了一部最新款的苹果手机，作为送给余思雅的礼物。朱旭涛说："出了学校西门口，坐公交车，连着坐五站，就到了。那个小区环境不错，还挨着市图书馆。据我们打探，余思雅就一个人住。"

我盯着他看，知道他的心思，他希望我成功的同时也多少带着一点想看笑话的意思。下午天气很热，我们中文系的足球队和体育系的足球队踢了一场比赛。踢得太艰难了，我们个个汗流浃背，朱旭涛上半场受了点伤，不得不坐在场外观战。上半场双方各进一个球。体育系的球员骂骂咧咧，这距离他们的预期差得太远，他们本以为可以把我们踢成筛子。下半场我头球破门成功，我们士气大振，最终三比二获胜。晚上，我们找了个小酒馆拼了命地喝啤酒。朱旭涛自称C罗，管我叫梅西。他说："梅西，今天你那个头球太惊艳了，我真没想到，那个角度球还能进。"我说："跟梅西比不了，怎么比？人家女朋友多么的好啊！我现在是光棍一条。"

朱旭涛说："不是还有余思雅吗？现在人都找着了，你还不行动，等什么呢？你是不是怂了，怕输？"

"我怕输？我怕什么？我只是见了面不知道该跟她说什么。"

何良挤咕了一下小眼睛，说："说你想她。"

郝东听出了何良的另一层含义，他直截了当地说："何良的意思是说你想上她。"

我骂了一句"滚"，一仰头喝了一杯啤酒。

朱旭涛说："咱们欢子现在斯文了，不像以前那么生猛了。哪像你们，动不动就上呀上的。谈恋爱嘛，关键还是谈。"

何良说："谈完还不是直奔……，咱们欢子可是实战派，光说不练哪行啊……"

我被气乐了。他们嘻嘻哈哈，开始用各种语言攻击何良，然后怂恿他喝酒，最后喝得何良脸像红辣椒，狂吐不止。

我的心情很烦躁，就像暑热的天气，急需一场大雨降温。

大雨来了。来得正是时候，我刚到余思雅住所的楼下，这场雨就滚滚而下。

我拿出地址，核对了一下，准确无误。上到三楼，深吸一口气，按响门铃。

好半天，门才开。想必余思雅已经在门镜看到了我，所以她打开门时的表情算不上惊讶。

我手里捧着一束玫瑰，感觉这些花儿瞬间变得娇羞。我说："久违了！没想到你就在附近。"

余思雅的手触到我的手腕。熟悉的触感，熟悉的温暖，熟悉的气息。"没淋到雨吧？进来呀！"她伸手抓住我的手腕的动作让我感动得想哭。

我本能地想把手缩回来，但我终究没有动。我把花放在她手里，关上门。我们相视了大约十秒钟，突然有一种我们从未分开过的感觉。她的眼神还是那么妩媚动人，微笑里面透出一股桀骜不驯。这还是我熟悉的余思雅。她放下花，我们紧紧地拥抱在一起。

泪水似乎比窗外的大雨还急。

"想我了没？"

"嗯。"

"想我为什么不去找我？……我一直在找你。"我的语气软软的，但还有些埋怨的意味。

"其实，只是想想。你有你的生活，我有我的轨迹。毕竟时间过去这么久了。"

"但是爱还在。"

"爱？"她放开我，意味深长地看了看我，她捋了下头发，用两根手指刮着我的下巴说，"爱是一场梦，梦醒了，那些编织在一起的影子就散了。"

我玩味着她的话，眼泪控制不住，再次滑落。

我转身要离开，她一把拉住我，顺势从后面抱住我。她身体的丰腴和柔软，她灵魂的孤独和疼痛，都裹紧了我。

熟悉的呼吸，熟悉的触感，一股脑地涌过来，将我的身心淹没。我们仰躺在地上，仿佛潮水退去般平静。我把我们分开后能想起来的事情讲了一遍，只是有意没提胡可可。她沉默不语，望着天花板。我凝望着她的长睫毛，想着从前的很多事。

"其实，我差一点就结婚了。"余思雅终于开了口。

"然后呢？"我的好奇心顿时被勾起。

"他是开跆拳道馆的，我是VIP学员，就认识了。他身手很好，不少人慕名找他练拳。我其实对他没什么感觉，但是自从一个练跆拳道的想在拳馆的卫生间里强暴我，那人被他狠狠地教训了一顿之后，他的馆里变冷清了。我一方面感激他，一方面觉得对不起他，我们就在一起了。他对我挺好的，我找不出他的什么缺点来。但是，我们就是没有共同话题。差不多一个月吧，他突然向我求婚，我当时没答应。我们就分开了。他也没再说什么。"

"你为什么没答应？"

"我不想欺骗自己的感觉吧，我也不知道。"

"这么久了，你还是在意感觉。感觉是很扯淡的东西。"

"什么不扯淡呢？我觉得什么都是扯淡。"

我把手探进她的双峰之间，那里释放着潮热和极具诱惑的神秘磁力。我吻她，雨声渐渐听不见了。整个世界被我们暂时遗忘。

她还是那么富有活力和魅力，还是那个令我沉迷不已的女生。她肚脐下方小小的蝴蝶刺青瞬间变得生动了，翩翩起舞的样子。

"胡可可她怎么样了？"余思雅貌似不经意地问。

"我们分手了。"我不知道怎么解释会比这句话更平淡、更平静，也更直截了当。

她的喉咙微微动了一下，像是欲言又止。她的眉头蹙起，脸侧向一边。

晚上，雨停了。风还很大，能看到外面的树木摇晃不已。

余思雅给她的猫喂了食。这是她收养的一只流浪猫。"它刚来的时候骨瘦如柴，现在胖多了，皮毛也好看了。"

我问："它叫什么？"

"尔雅。"

"好名字。"

余思雅练了会儿瑜伽，我也跟着学了几个动作。我的样子太滑稽，她笑得合不拢嘴。

我们自己动手做了热汤面。吃完后，我们吃了点水果，然后进卧室看电影，《无人区》《一次别离》《色戒》。

这么自由自在远离尘嚣的感觉，我还是第一次体会到。就像口渴的人在荒漠找到甘泉，我的内心充满了感激之情。余思雅用烟头烫我的脚趾，她还是那么调皮。我生气了，于是我变成《色戒》里的男主角。

"你想知道我为什么不去找你吗？"

"想啊！"

"因为我不想揭开旧伤疤，我怕伤口会疼得更厉害。"

"我明白了。其实，我们谁也没有失去谁，我们只是换了一种方式拥有对方而已。我们都为此付出了代价，伤过了，痛过了，最后又都获得了新生。其实我们仍然是最好的朋友，不是吗？"

"乔欢，谢谢你来找我，你不用担心我，我真的过得很好。我想，胡可可是温柔的小女生类型，你哄哄她，她会回来的。"

"问题是我已经放下她了。"

关掉电脑，关掉了灯。我们是黑暗里的两尾鱼，一起出海，一起搏击风浪。

雨又来了，还有闪电和雷声。我们搂紧彼此。

"这一辈子，有你真好。"

余思雅的眼泪浸湿了枕头。她说："希望这一夜，就是一生。"

"人怎么活着才算好呢？"

余思雅在黑暗里眨着眼睛，她的声音富有磁性，把我带入一个充满想象的边界。她说："再好也没那么好，再坏也没那么坏。再倒霉也是一种幽默，再顺利也是一种危险。"

我获得了宽慰。是的，怎么着都是不好不坏，自自然然就是，没必要庸人自扰。看来余思雅这一阵子进步不小。

余思雅坦白，她去年到北京为一部电影试镜，那个自称是导演助理的人觉得她的形象很好，提出只要她有所付出就可以得到一个配角。余思雅说她考虑了一个晚上，第二天一早就悄悄从北京回来了。我说，这还用考虑一个晚上？幸亏你没答应。

我拉开窗帘，外面雨小了，淅淅沥沥，非常凉爽。我把窗子打开，深呼吸了几口，空气真是沁人肺腑！

我们都睡不着，索性坐在床边喝红酒。冰箱里的午餐肉让我吃了个底朝天。

我们把如何相识、如何分离，又如何重逢等过去的种种事情一件件捋了一遍。我们的共识是：如果重来一回，就不必走那么多弯路了。我们就不会互相伤害了。

当然，这是美丽的马后炮，是毫无意义的马后炮。

在已经互相伤害过不止一次以后，这种掏心掏肺的倾诉、忏悔听起来是如此的滑稽透顶，而且毫无意义。

"过去的都过去了，就像酒一样，都顺着肠胃溜走了。"

余思雅喝得微醺，她翘着身子，把修长的手放在我坚实的胸肌上，淡淡地问我："如果当初我走得不那么决绝，你会不会放弃胡可可？"

"新上来的一道菜，热气腾腾的，扑鼻香，颜色也好看，只准看不准吃，你说难受不难受？"

余思雅狠狠地掐了我一把。我说："开个玩笑，其实我真的后悔了。我跟她没有精神上的重叠。只有时过境迁，人才能懂得爱情。爱情就像月光，朦朦胧胧的最好，有树荫挡住了也好，有云朵挡住了也很妙，但是不能用望远镜看，看得太清楚太明白，就苍白乏味了。爱情就像诗，读和品就行了，没必要懂得太彻底。一个字一个字什么都懂了，它也就失去了本有的深意。"

"爱情一开始都像诗，慢慢地，像散文，再后来，像小说，之后变成了戏剧。"

"你有点深刻了，"我忽然想起了什么，告诉余思雅，"我最近写了本微诗集，里面不少诗是写给你的。"

"在哪呢？快给我看看。"

"在手机里。"我找出两首读给她听。《爱如潮水》：爱如潮水瞒不过眼睛/一睁开就开始寻找/一闭上就满是你的影；《情愫》：风撩起你的长发/我偎在你身旁/眼前的湖波随同我的心荡漾。

余思雅很喜欢我的诗。她问我："用情挺深哪！诗集叫什么名字？"

我想了想说："还没定呢，就叫《品茗思雅》好了。"

余思雅钻到我的臂弯里，就像一只温柔的小猫。我知道我们相聚的时光在一分一秒地流逝。我还是要回到那个百无聊赖令人烦躁的世界里去。

我们不知不觉睡着了。醒来时，余思雅还在我的臂弯里。那只猫在窗台卧着，不时地朝我们的方向望上一眼。

我在余思雅的家待了三天两夜。我们吸光了一条万宝路，喝光了房子里所有的红酒和啤酒。

余思雅给我看了那个跆拳道馆馆主的照片。一个一身肌肉块的中年人，平头，目光犀利。这个人稍微有点罗圈腿。余思雅说他有过一次失败的婚姻，因为那女人坚决不想生育，所以就离了。

我猜想，那男的离过婚，这也许是余思雅打退堂鼓的一个原因。她不想给别人带来伤害，尤其是二次伤害。曾经的她在感情上雷厉风行，受了伤，现在的她在感情上慎之又慎，也就不难理解。

"好歹人家衣食无忧，可以养你啊。"

"我也能养自己，你看看这房子，我自己贷款买的。我的收入不比白领少。对了，你给我那手机你得拿走，我用的是plus。"

一股屌丝的无助感升腾于我的脑海。我暗下决心，做一个逆袭成功的屌丝，逆袭不了，也要做最大牌的屌丝。买馄饨，一次买两碗。这么想想，把自己都逗乐了。

我给余思雅做了红烧排骨和小炒肉，我们就着啤酒吃了顿饭。虽然我没说要走，但是她已经明了分别在眼前。

"你能不能有空时去学校找我？"

"不能，我不想见那里的人。"

我知道，余思雅指的是整个的大环境。

"不到一年，我也走了。铁打的大学，流水的学生。曾经的故事也被每一届带上了火车，哪一年哪一天在这大学里发生过什么事，从此无人知晓。"

"这有什么呢？"

"也没什么，青春的生猛和伤感是混杂在一起的。当伤感没有了，生猛也就没有了。"

余思雅表示赞同。她补充说："生猛没有了，青春也就再见了。"

我们碰杯，一饮而尽。

我问余思雅："皮肤这么好，怎么保养的？"

"早睡早起，多运动，多喝水。我要是不抽烟不喝酒，皮肤还会好很多。"

"那你就都戒了吧。"

"还真有点难。"

猫从我的脚边慵懒地走过,被我擒住。余思雅说:"你别碰它,让它活动活动,它睡得太多了。"

我把猫放下,心想,我也该活动活动了。

我走的时候外面阳光明媚。我穿着黑色T恤,卡其色大短裤,感觉自己又像大学生活刚刚开始时那样充满了战斗力。

回到宿舍,寝室的兄弟正在斗地主,有甩牌的,有围观的,他们好半天才发现我的存在。他们像看外星人一样盯着我看。

我说:"打吧打吧!"他们有些囧,仿佛干了什么龌龊勾当似的。

我问:"最近有什么事没有?"

何良说:"体育系找咱们又踢一次球,你没在,人少了一个,也找不着人。输了。"输了两个字说得很重,明显是埋怨我没有在场。

我嘿嘿笑,心想:这帮孙子真没出息,没有我球都不会踢了?"怎么不找隔壁张戎啊?"

"张戎忙啊,人家奔考研使劲呢。"朱旭涛喝着可乐,打着响嗝,冷不丁又放了一个屁。可能是屁太臭,他们不打牌了。

我们出去喝酒、唱歌。他们逼我喝,我知道,他们想趁我喝多了套我的话,想知道我是不是去找余思雅了。

我说我真的回老家了。他们半信半疑,问:"票呢?"

我说:"早就撕了扔了。你们看看,我都累瘦了,坐的硬板。"

朱旭涛说:"那你不去找余思雅啦?"

我说:"要毕业了,别自找麻烦了。哥几个干一个。"

我们酒足饭饱,去唱了一宿。我很累,基本上一直在睡觉。睡梦中,我和余思雅纠缠不休,时分时合,哭哭啼啼,最后我醒了。醒来后，我唱了《吻别》《一千个伤心的理由》《一路上有你》《离开以后》。唱的时候，我想起和余思雅合唱《你最珍贵》一曲获得最佳校园组合奖的那一幕，那时我们是多么青春、多么快乐啊！我明明是个乐天派，可现在我的心情很压抑。青春真是让人搞不懂啊！唱完这几首，我吸了支烟，出去方便了一下，回来接着睡。

朱旭涛把刀郎的歌曲唱了个遍。何良专唱网络歌曲，我们一起骂他俗，越骂他越来劲。最后他还是受不了这份骂，改唱陈奕迅的歌。《富士山下》《一丝不挂》《红玫瑰》《浮夸》……

我做了个梦，梦见我和余思雅在一片茫茫无际的湖上泛舟，小舟轻摇，晨雾迷蒙，远山隐约可见，我们一起放歌，自由自在。

我在美梦中醒来，给余思雅打电话，她没有接。

我跟何良说："我有点头疼，出去溜一圈。"

出了歌厅，我打车去找余思雅，到了她家楼下，我正要上楼，看到楼上下来一个精壮男子，像是在哪见过。忽然想起，他正是余思雅给我看的照片中的开拳馆的男子。

我在楼道里站了好半天。最终我没有走上去。

回到宿舍时，我心里像塞了一块秤砣一样难受。从这天起，我留起了胡子。他们给我起了外号叫"影帝"。可能我留起胡子的样子像是很有演技。

余思雅果然没有跟我联络，就好像那逝去的三天两夜是虚幻的一般。

这几天我不得不忙着备战期末考试，背书背得昏天黑地。我不知道世上怎么这么多无聊而又不能用于指导现实生活的知识。好在我记忆力不错，突击两天，就可以顺利过关了。

七月，我一面自学声乐理论，一面在一家酒吧里驻唱，一面备战期末考试。一天，我看到了余思雅在朋友圈发的婚纱照，也收到了她的微信信息，她说她要结婚了，和之前说的男人。

我回复说："从你那儿离开后的第二天早上，我很想你，就去找你，在楼下碰见了那个男的。我在楼梯口站了半天，就没有上楼找你。"

隔了一会儿，余思雅回复："那天早上他来，我没有给他开门。因为我和你刚刚重逢，又和他刚刚分手。我不能再接受他，那样对不起你。但是你一直没有再跟我联络，我害怕我找你，你却不回应。所以，我昨天答应了他的求婚。"

看了余思雅的回复，我有一种五雷轰顶的感觉。我从酒吧里出来，骑上自行车去找余思雅。

敲了半天门，没人应。我把骨节敲疼了，隔壁出来个妇女，骂道："你神经病啊，敲这么大声！"

我灰溜溜地下楼。我知道现在说什么做什么都无济于事，但是我的意志现在似乎由身体来掌控了，一切听命于本能的行动。

我给余思雅发微信：你在哪儿？我在找你。

余思雅回复说：我在拳馆呢。

我骑着破车来到拳馆，里面学员不少。我一眼就看见余思雅和她的男朋友，余思雅挽着他的手臂，就像不久前挽着我的手臂一样。余思雅和他有说有笑，就像当初和我有说有笑一样。只是换了个人而已。世界就是这么奇妙，不停地旋转，而我，成了莫名其妙的看客。

余思雅用手指了一下我，然后和她的男朋友耳语了几句。

他们走了过来。余思雅给我们做了介绍。她说："这是我男朋友宫先生。"我不知说什么好。

"跆拳道我也略懂一点。我学过两年散打，一年拳击，小时候练过摔跤和八极拳。"

他微笑，撇着嘴问我："你还会散打、拳击？打过比赛没有？"

"没打过。"

"来吧，跟我的学员打一场怎么样？有没有兴趣？你愿意学的话，冲思雅的面子，我免费教你。"

"我是来找余思雅的，不是来踢馆的。"

"玩嘛！不玩一把岂不是白来了！你放心，点到为止，谁也不会伤到谁。"

我最近又是喝大酒又是昼夜颠倒，体能下降得厉害。但是眼前这情况，不表现一下就太怂了。但是转念一想，咱是大学生，得有修养有风度，稍微一越界就可能变成聚众斗殴的行为，至少是有嫌疑。何必呢？

余思雅的话有担心我的意思："乔欢，你行吗你？要不，别逞能了。"

我说："不打。"

宫先生一脸的得意，他说："听不见，大点声。"

我又说了一遍："不打。"

余思雅拉着我的手往馆外走。她走得很快，我几乎跟不上。她这么强势，而我此刻这么弱势。但我丝毫不觉得丢脸。我爱她，我愿意为她做任何事。我虽然狂放不羁，但不会意气用事。用拳头证明爱情，多少有点智障。被暴揍就能证明对爱情的坚贞吗？把对方秒杀就能证明对爱情的勇敢吗？

在馆外，我疯狂地吻了余思雅。我有点欲哭无泪。

第二天，余思雅来学校找我。我们寝室沸腾了。

我如此渴望见到余思雅，我所有的故作坚强、独立、不羁的伪装都是荒谬的。因为我的心已经解冻，回到了春天。

我们漫步在熟悉的校园，久久不语。还是那些树木和花园，还是一成不变的教学楼、食堂和图书馆，还是浪漫的气氛和青春的感伤。

"小学期还有二十多天，放假也很快。"

"考试怎么样？"余思雅问。

"考了两科，都不错。我这脑瓜你还不知道，别的不行，背书背笔记不在话下！"

"我为之前的事向你道歉。"余思雅郑重其事地说。

"什么事？"我还真有点摸不着头脑。

"就是在跆拳道馆里的事呗。"

"哦，我都差不多忘了。"

"你不生我的气啊？"

"生什么气，我这人心特大，比太平洋还大一倍。"我开始吹了。

余思雅开始说正题。她告诉我，她想了很久，觉得结婚的事不能操之过急，而且，她对那个男的并不是特别喜欢。两个人没有共同话题，在一起感到憋闷。她不想要那种特别稳定没有新鲜感的生活。

"那你就回来吧，我一直都在。"

"但是我不知道怎么跟他讲，我怕伤害他。毕竟我已经答应他了，婚纱照都拍了，酒店也预订了。"

"你可想好了，你要是不好意思说，我去跟他说。"

余思雅说："那可不行，这是我跟他之间的事。本来他就有点恨你，你还自讨苦吃。"

"那就你自己拿主意。自己做事要理智，做了就别后悔。如果你只是想回到从前咱俩恋爱的那个时候，那是不切实际的，因为我们都不是那时的我们了。"

"我知道，变化没什么不好。我觉得现在的你成熟稳重了，虽然骨子里还是那么不羁。"

我们分开后，我去附近枫林山上独坐，我想安安静静地思考一下最近发生的事。躺在暖坡上，我感到自在惬意。

出乎我的意料，没过多久，王德山告诉了我宫先生将要结婚的消息，说女方是为本地城市旅游代言的靓模。

"消息可靠吗？"

王德山说："武术圈的朋友讲的，应该是真的。"

我去找余思雅问详情，她说："他对我死缠烂打了几天，看我一直冷若冰霜的样子，然后就立刻和那个嫩模好上了。"余思雅当着我的面哭了，我轻轻拍打她的肩，心头涌起莫名的悲伤。

暑假终于到来。我和余思雅乘坐高铁四处观光旅游。余思雅的继父因病去世，留给她一笔遗产，所以她这么底气十足。

我们在洛阳白马寺许愿白头偕老，在西安大雁塔看音乐喷泉时我向她求了婚。余思雅泪水盈盈，立刻就答应我了。

我冲着高高蹿起的喷泉喊："我爱余思雅！"

余思雅喊："我爱乔欢！"

在西安玩了五天后，我们又去拉萨玩了几天。内心那只野性难驯的小兽终于消停点了。

一切就像做梦，没有什么预兆，就是自自然然地顺着本心的选择，然后生活就给了你很多欢乐。

余思雅带我回了内蒙古老家。天天酒肉管够，我有点乐不思蜀了。在那儿，我学会了骑马，摔跤技术也有所进步。我突发奇想，和余思雅穿上蒙古族服饰照了几组纪念照。我和余思雅在呼伦贝尔住了二十多天，我们都变得圆润起来。我一口气能跑十公里，感觉自己力拔山兮气盖世，壮得不得了。有美好爱情的滋润，再加上酒精的刺激，真正的男人可以扛山，可以填海，可以揽月，可以捉鳖。

余思雅太顽皮，她趁我酒醉酣眠时，给我化了妆，还涂了口红。临近开学，我们找来余思雅的闺蜜，边喝啤酒边打牌。然后我就返回了大学城。

开学前的一天，我把科目四考了，拿到了驾照。驾照上有我幸福洋溢的表情。

06

草根和屌丝有什么不同吗？有的。草根可以奋斗出一片新绿，而屌丝永远只是在阴暗角落里哭泣的"屌毛"。

——欢子语录

大四就这么来了。一种青春马上就要收尾的感觉。

考研的考研，找工作的找工作，快乐的快乐，失落的失落，快乐的少，失落的多。

到了大四，大家都文明了，很少听到脏话。愁眉苦脸、抑郁哀伤的人随处可见。看见那些大一新生兴奋、惊奇的面容，我们觉得乏味，心想，我们的今天就是你们的明天，你现在乐呵呵的，到时候就乐不起来了。

我开始意识到学业的重要性，王德山、朱旭涛、徐亮，他们的谈吐、气质和从前大不一样，我有一种相形见绌的屈辱感。我开始出入图书馆和书店，一口气买了五十本正版书，摆满了床头的书架。

为了生存，我继续到酒吧唱歌，挣生活费。这曾经是朱旭涛的地盘，现在由我占据。我常常夜不归宿，白天打网游或睡觉。买来的想看的书我一直未看，就摆在床头书架上，于是我的床成了寝室的图书广角。谁都来拿书，其他寝室的同学也来借书，我又不能成为守书奴，于是那些书一本一本丢失，到毕业时只剩下《康德三大批判合集》了。

余思雅在网上唱歌唱出了点名气，跟北京的一家演艺公司签了约，她把房子的、车的钥匙都留给我。我知道这预示着我要独守空房了。我说："毕业我就去北京找你。"

余思雅走时，我去送她。在候车室，她戴着绒线帽，像个孩子。我说："你就舍得扔下我？"

她掐了我一把，掐得我十分酸爽。

余思雅走后，我们用微信保持联系。精神恋爱倒也高贵，但是远水解不了近渴。到了晚上，我必须出去跑个十圈，回来才能踏踏实实安稳入睡。

秋天黄叶纷飞的时候，余思雅跟我谈起她的制作人。她说她在和她的制作人一起创作的过程中产生了奇妙的感情。

尽管我想装傻，但我清楚地知道这措辞意味着什么。我想，我的浪漫主义人生算是结束了。爱情这东西很古怪，当你不拿它当回事的时候它很稳固，当你深陷其中的时候它可能已开始动荡。我和余思雅一如往常地发微信，但是彼此之间尽可能回避感情的话题。

我不时想起胡可可纯净的外貌、高贵的神情。她的内心平静如水的同时，是比余思雅更激烈的桀骜不驯，她可以很果断地离开她非常爱的男人，也可以义无反顾地爱上一个危险而又自私的男人。没有人能阻止她，她的愿望像黑夜的意志，以覆盖和吞噬为快，包括她自己，从灵魂到肉体。

记得大二的时候，那天在图书馆里，我们都在找村上春树的《且听风吟》。我让她先借，自己借了川端康成的《千只鹤》。她的明眸皓齿、淡淡体香让我印象深刻。

她的容貌让我眼前一亮，给我一种清新脱俗的感觉。她笑起来更加动人，牙齿整齐而洁白，皮肤好得无可挑剔，头发乌黑，柔顺地流泻下来，流水般光滑润泽。她的指甲很长，能嵌入不速之客的皮肉。

我大约就是那个不速之客。

她说："你太谦逊了。对了，人文学院那个书法大赛展览我去看了，你的字一枝独秀啊！"

我说："过奖！差得远呢！"

她说："有空时教教我写字，我字写得不好看。"

我说："切磋一下可以，教不敢当。"

放下手机，我又陷入回忆。我知道她的性情，她不喜欢去酒吧、咖啡屋，可对电影的兴趣很浓。她还特别喜欢逛街，不要人陪，连逛五六个小时也不觉得累。

和她恋爱时，我投其所好，平时和她一起去学习，周末去看电影。

夏天去游泳馆游泳，冬天去滑冰，春秋去郊外爬山，顺便拍了很多她的美照。

她几乎让我摆脱了余思雅给我带来的阴影和痛苦。我们能够互相给予快乐和抚慰。她热衷于学习，给很多人的感觉是冷傲，她话语极少，酷爱阅读。她能写优美的散文，灵气扑面。

她透露给我隐私，她高中时的恋爱被老师和父母强行阻止。

大学里，她和那个在异地上大学的男生通了一年电话，但是最终男孩移情别恋，还用微信发了分手信。

这是胡可可迅速转投我的怀抱的导火索，我的过去她全然不在乎了。她多少有点诅咒爱情，不敢过度沉陷于浪漫的情感。她想抓住一些实在的东西，却又缺少她外在表现出来的那种强烈自信。难道女孩都是如此矛盾？

她找不到平衡自我的方式。或许我是她重建平衡的杠杆。

胡可可的理想是做记者，她说学业有成后她要当一名出色的记者。我很羡慕她有那么明确的志向。没有明确方向和定位的我如同行尸走肉，毕业后可能不过是一条城市寄生虫。但在毕业以前，大家是平等的，谁也不比谁高贵。

我和胡可可常常在白桦林里漫步。在那里，她打碎了矜持的束缚，快乐的呼喊在风中飘荡，被风带到很远的地方。我们长时间地拥抱和亲吻。

"忘了他吧！"我说。

"你也忘了她！"她柔情地说。

"我不希望你再被人骗。"我说。

"难道我长了一张容易被人骗的脸吗？"她调皮地一笑。

励敏邀请我们一起住。于是我和胡可可在励敏的基地筑起爱巢。

胡可可喜欢白色和粉色，她喜欢清爽的色彩；而余思雅钟情于红色和黑色，红色热烈，黑色厚重。胡可可偏爱牛仔以及灰色调。她太安静了，她只有在做爱时才会潮水一般澎湃。有时我们过于投入，忘记了顾及励敏的听觉。因此，励敏的笑容有时是别有意味的。

王德山从自习室归来，打断了我的美好回忆。这些时日他早出晚归不见踪影，人一天天消瘦，眼窝深陷，他说他有时感到头晕，我猜他可能患有贫血，也可能是疲劳过度。

他大量吸烟，借以提神。我们寝室平均每人每天吸一盒烟。

考研战队个个面色暗黄，嘴唇干裂，鲜有笑容，重重压力之下还要不时地装出志在必得的样子，虽然嘴上都说："哎呀，不行啊，我是白费了，考不上了……"

若为了照顾他人情绪，适当地撒谎也可以成为一种美德。

何良还那么贪吃，每晚抱着一堆零食，像只老鼠一样警惕地望着我们如狼似虎的眼神。我们也只是望一望而已，然后泡一包干巴巴的方便面。

我们有时晚上在寝室过"啤酒节"，连过一星期，就着几袋榨菜、几根火腿肠、几只凤爪，有时也会弄来几斤花生米，消费均摊。

何良喝一瓶啤酒就卧床不起了，他准备独自享用的小吃被我们翻出来下酒。

何良第二天因遍寻不着他的"夜草"而叫苦不迭。我们偷偷地笑，表面上装作什么都不知晓。

"食色性也"。弟兄们这四年谨遵古训，该吃吃，该喝喝，该恋爱的恋爱绝不后退。

大学的开放度、包容度为充分释放能量提供了极大的便利。

乌鸡进了大学就能变成金凤凰吗？不见得，乌鸡可能还是乌鸡。

我攒足了可以混到毕业的钱后，离开了酒吧。老板有些惋惜，他说我嗓子虽然不如朱旭涛，但是唱功扎实，人品比他好，会办事，会察言观色，会应对各种人，他说可以考虑给我提高待遇。我撒谎说我想考研，已经报了名。他叹了口气，拍了拍我的肩，说："瞎材料了。"除了我应得的部分，他又多给了我一千块。

在这个大家都忙碌的时候，何良在洗浴中心染了怪病，他大把大把地花钱治疗，心理几近崩溃。他的口头禅是"卑鄙小人"，谁听了都不舒服，但都假装没听见。过去我们宽厚平和是因为相处都不错，有默契在；现在默契没了，剩下的就是敌意了。

我仰慕陈溪的才华，盼着跟她偶遇，却难得偶遇。后来无心插柳柳成荫，我跟她在张戎散文集《桥》的首发式上遇见了，还在大学主楼的自习室频频碰到。我们每次都聊得十分投机，一起谈天说地。有一回王德山看见了，他很好奇，问我们："你们唠啥呢？唠得天昏地暗的。"我说："唠莎士比亚、歌德、拜伦呢。"他竖了个大拇指，眼神却充满了怀疑。

到了饭点我和陈溪一起去学校食堂吃饭，路上依旧畅聊。陈溪对学校各院食堂的伙食了如指掌，我这才发现我们男生在饮食问题上太粗枝大叶了。

胡可可信息灵通，她一本正经地对我说："走了余思雅，来了陈溪，你行啊你！"我没做亏心事，所以没把她这话当回事。因为女孩的心思实在没法猜啊。难道有了女朋友就不能跟其他女生来往了吗？岂有此理！虽然我和胡可可重归于好，但是我们之间似乎被一层薄膜阻隔着。

不过，我对胡可可是真心的，所以，爱是真的就要来真的，不能随随便便。我开始有意地疏远陈溪了，好几次我以太忙或者有事为由拒绝了她的邀请。陈溪倒是无所谓，她向来是开心一族，绝不会因为任何事郁郁寡欢、闷闷不乐的。我有些过意不去，在她过生日的当天给她订了个大蛋糕，由蛋糕店直接送到她的寝室。她很感激，因为我是第一个给她订生日蛋糕的男生。晚上她像是喝多了，一再警告我不要挂掉电话，让她把话说完。她对我说："乔欢，你是我大学生活中最喜欢的男生，但是我没有机会了，我不会抢别人的男朋友的。但是我是真的喜欢你呀。如果有一天，你落了单，要知道，有一个女生曾经那么深地喜欢你。"

我的眼泪不知不觉地落下。暗夜无声。

我打开收音机，里面传来杨宗纬沙哑的歌声："我也曾经做梦过，后来更寂寞，我们能留下的其实都没有……"

时光像离弦之箭，把我们射向未知的虚空。

大四是毕业前最难挨的一年，特别是那些受了多年生理、心理双重压抑之苦的兄弟们，夜不能寐，对所有的神仙眷侣恨之入骨。这学期去上课的人数创造了历史新低，教师们只需用唠家常的音量就足以应对了。我只在开学时去听过一次课，是什么课都忘了，我选修了什么课自己都不知道，是何良帮我选的。那节课起初很平静，后来大家忍不住笑了，因为这个老师的普通话太差了，把所有的卷舌都读成平舌，听着极不舒服。

那个老师面对着下面众多满脸蔑视的学生说："我很能理解大家笑容深层的快感体验，但希望大家能再深一层去体验我所讲的内容。"

笑声止住了。从头到尾，没几个人在听，都在忙自己的事情。人再少一点，条件再宽松一点，老师再近视一点，有人闹不好会在后面座位上亲热起来。

我开始背着书包忙忙碌碌，没人知道我在干什么。

我感到疲劳的时候，就躺在上铺懒上一天，戴上耳机放空自己，接下来又能连续战斗许多天。

刚刚十一月中旬，不少同学就已经和用人单位达成了意向。我们寝室也开始骚动不安了。

朱旭涛的声带出了问题，他不得不暂时放弃歌手梦。闲来无事，我跟郁闷中的朱旭涛学吉他。我们已经和好如初了。他做了声带手术后，不再唱林俊杰、萧敬腾，改唱刀郎了。

朱旭涛非要给我起个艺名，我说开什么玩笑，我都不在酒吧混了，也不想进军什么歌坛，你实现不了的梦别强加给我。他说起个玩吧。

我看看何良刚睡醒的红眼珠和徐亮打着哈欠的大嘴，点点头说："那就起一个吧，起一个振作点的，千万别给我起何良、徐亮这样的名字，歌迷一听就都睡着了。"

"不会，不会，你看有特色的歌手这么多，但有个性的名字并不多，我觉得阿杜、阿牛挺好听。又简单，又好记，又有个性。"

"是不错。"

"你呀，就来个二合一，叫'牛肚'得了。"

我大笑说："这个够生猛，够振作，等我当饭店老板时用这个艺名。"

王德山搬回寝室住了。出于对大哥的尊重和欢迎，在他回来之前，我们专门打扫了寝室。可以说，那是四年来寝室最干净的一天。我们这才知道，他以考研之便搬出去是个借口，真正原因是厌恶何良。他搬回来没有幸灾乐祸的意思，而仅仅是为了省钱。想在寝室学习，特别是我们寝室，比登天还难，经常是酒瓶遍地、烟气缭绕、废话连篇、大吵大嚷、无处落脚、无法呼吸。到了冬天，极少开窗，偶尔开门，走廊里的味道也极不好闻。

何良一个学期没有理发。他失恋后，用蓄发表达自己的悲哀，但根本无人同情。

这一期间，朱旭涛开始公开追求陈溪。事实上他已秘密进行了一段时间，我们竟然不知情，连嗅觉灵敏的何良也不知道。

王德山再次邀请我们去他家玩，就在这个寒假，考研结束后即可动身。他说那里可以滑雪。

徐亮每天早上唤我起床跑步，他就是我的闹铃。他运动之后去吃早餐，一杯奶、六个包子，这还不够，还要三个茶叶蛋。然后去找地方学习。我有时与他一起吃早餐，有时回去接着睡，睡到九点左右，到校外买包子吃。校外的包子比食堂的包子好吃多了。

郝东是我寝室第一个落实工作去向的，他签了江苏某地的一个单位。他就在那边出生，五岁时离开，现在又将回到它的怀抱。

整个十二月，自习室的座位异常火爆，许多人一大早就占好了位置，并摆出盘踞一整天的架势。学习方面，铁人辈出，男女都有。我可受不了这等苦，坐在那里一个小时像坐了一年一样，头昏脑涨，视物不清，恶心欲吐，急忙逃到外面去透气，找个舒适的地方吸一支烟。

我虽然对考研兴趣不大，但其实我也报考了。我怀着一个极其单纯的梦想，就是做一件别人认为我做不到但我却能做到的事，因此我锁定了考研，而且没声张。我连专业课的书都没买，只是借别人的看了一个星期。我猜测，徐亮的成功率最高，其次是朱旭涛，然后是王德山。最终的结果证明，我猜得很准。因为徐亮学习既踏实又扎实；朱旭涛最聪明，但是三分钟热血；王德山思维方式刻板，不善于把知识系统化，另外英语不够好是他的硬伤。

我新换了一部手机，和胡可可用的是同款，我这么做算是一种爱的表示。

平安夜晚上，我喝了两瓶二锅头，带着醉意给余思雅打电话。她说她忙着录音呢，一会儿给我打过来。我说你别打过来了，我不接，就是不接。余思雅急了："你是谁啊，乔欢，你以为你是谁？"我说："余思雅，你就是个泼妇！"余思雅歇斯底里地跟我对骂。也许实在骂得累了，也就不骂了。我现在冷静下来了，酒也醒了，我说了最后一句话："后会无期吧！"

余思雅半夜时在微信里给我发了一大堆道歉的话，我没有回复。辗转反侧到天明，我把她删除了。忽然我感觉心里轻松了不少，好像空出来了一大块空间，通透了，明亮了，开阔了，也好像内心里取出了一块血肉模糊的东西，一种难言的痛把五脏六腑淹没。

我想，如果爱情到了你伤害我我伤害你、没完没了恶性循环的时候，也就名存实亡了。

　　我抓起衣服去浴池洗澡，之后去校外吃早点，然后上街买了件波司登的新款羽绒服。一直舍不得买，不知怎么着，今天一下子就舍得了。

　　这天特别冷，又下了场小雪，更显清冷，我一个人去篮球场打篮球，打得浑身是汗。下午去滑冰，冰场没几个人。郝东最爱滑冰，他早早就到了。郝东见我表情凝重，问我："咋啦，欢子？谁惹你了？"

　　"没事，昨晚没睡好。"

　　"欢哥啊，早前你开导过我，现在该我开导你了。余思雅上午给宿舍打电话找你，你没在，朱旭涛接的，他们聊了半个小时。余思雅的意思就是好好安慰安慰你，怕你出啥事。"

　　"怪不得中午在食堂你们都鬼鬼祟祟的。"

　　郝东接着说："感情这事不能勉强，聚散都是天意。大学都快毕业了，你又身经百战，应该看得比我们透彻。"

　　"兄弟啊，谢谢你。只要你能把嘴闭上，我愿意请你喝酒。喝多少管够。"

　　郝东乐了，脚一蹬，就滑出很远。他回头看我一眼，说："喝酒我不行，滑冰你不行。不服就比一比！"

　　我当然不服，但是无论我怎么专注和努力，耗尽力气也没有郝东快。我心里盘算，跟你比不了技术，那咱就比耐力。到了第五圈的时候，趁郝东得意扬扬略有放松之际，我在过弯道后猛地加速，终于超过了他。此后一直比他快。下了赛道，他气喘吁吁地说："行啊你，欢子，能超我，算你狠！"

　　我说："都是冰鞋的功劳。"

"你就别讽刺我了。你呀，为了省一顿酒，也是拼了。"他知道，我的冰鞋是最普通的，他的比我的贵两百多块。

"酒得请。输赢都得请。欢哥说话向来算话，不过今天晚上已经约出去了。"

"今天我也不行，晚上我和张戎他们寝室的人喝酒，早就约好了。"

圣诞节当晚，我邀请胡可可、郝东、何秀一起饱餐一顿。

吃完饭后，何秀和郝东去唱歌。我和胡可可去看电影，看了一个通宵。

小影院只有三对情侣，前面已经卧倒两对。我和胡可可也不甘示弱，在这美好的圣诞夜晚，一定不能错过快乐的瞬间。某几分钟，电影里也在进行着同样的动作，女主角的叫喊声尖锐而刺耳。

和胡可可在暧昧之地感受青春的美好，我闭上眼睛，脑海里却尽是余思雅的狂野表情和决绝话语，挥之不去。我睁开眼睛，在胡可可身上发狠。

二十出头的青春年华，情欲躁动起来是很容易的，年龄、心理、体能，都恰到好处，唯独欲望过盛。我想到每个夏季夜晚，校园里每个隐秘角落都有被欲望操控的男女在诗意地栖居。

巡视人员的手电光束是他们的噩梦。巡视人员长时间驻足、喝令，最倒霉的往往是那些惶恐、狼狈、衣衫不整的女生。

然而，欲望的洪流是阻挡不住的。校园之外，安全、冷僻、闲人免进的地方多的是。男女共浴是家常便饭。巡视只能增进被巡视者的"作战"智慧。

我陪胡可可重温了《速度与激情7》。

胡可可悄声地和我谈论余思雅。本来我不想说有关余思雅的话题，唯恐避之不及，但是我现在又想说点什么，哪怕是禁忌话题。可能是我在大学度过的几个圣诞节的影像不断闪回，让我在此刻心情沉闷吧。

余思雅的生活，就我所知，她的童年最富色彩。傍水而居，安静逍遥，总是天高云淡。这个热衷于奔跑和追逐的小女孩一点点长大，她和姥姥、三只花猫在一起，还有一群嘎嘎叫个不停的鸭子，无数的蜻蜓、蝴蝶，还有溪水里的鱼。

我向往这样的童年，但我没有。我的童年是淘气包疯玩的时光，是比摔跤，比骑自行车，比掰手腕。

我养过金鱼和热带鱼，总养不活；我养过鸟，最后于心不忍，全部放生。

我看卡通、看小说、看足球。玩过一两年网游，如鱼得水。现在想想，浪费了多少时光。

余思雅的变化是她从乡下到城市以后开始的，首先是生理上的变化，双峰日益丰盈，臀部日益宽大性感，然后是心理上的变化，对穿着时髦服饰的同学极为羡慕，她渴望拥有许多漂亮的衣服。那些家境好的女生的高贵眼神像刀子一样锋利，刺痛了她敏感的心。她自惭形秽，在沮丧的世界里难以自拔。

她交友不慎，吸烟、早恋、逃课，以堕落的形态来面对物化的世界。她把畏怯感、自卑感埋藏到深处，她蔑视所有人，恨成了她活着的动力，她需要宣泄。

初中时有个男生暗恋她，有一次余思雅被别人打，那个男孩冲上去保护她，结果被人捅死。虽然没有余思雅什么事，但是悲剧由她引起，她被开除了。后来她被很多所中学开除过。最后她去了周边最差的一所高中，高考那年，她才认真面对学业，通过一年的努力，居然考上了大学。

她喜欢诗，诗是她的慰藉，可抚慰她的伤口。她写过满满一大本现代诗，接到大学录取通知书后她把那个本子烧毁了。她想通过这种方式告别一个年代。我不知晓诗集中的内容，只知诗集的名字是《花火》。花团似火，在最艳丽的瞬间归于平静，也是一种青春。

我们每个人都太弱小了，遭受外部世界的疯狂蹂躏后，无法予以回击，只能归于平静。普希金写过《假如生活欺骗了你》，余思雅经常套用里面的诗说："假如生活欺骗了你，那么你就去欺骗生活。"我想，这正是她的症结所在。我未能抹去她的痛苦，我不能饶恕自己。余思雅一直是我心头的一块伤疤，永远也抹不去，永远让我心痛、自责、悔恨。或许，这对我并非惩罚，反倒是一种恩赐，让我不至于迷失得太远、太久。

离考研日还有一天，我和胡可可为不影响励敏考场发挥，各自回到寝室住。

徐亮心理素质差，考前精神极为紧张，腹泻不止，奔走于教室和厕所之间。看着他们焦虑的模样，我感到十分轻松又有些无所适从。

我们开玩笑说："以后有了孩子，送到王教授那儿去读博。朱教授和徐教授那儿就不去了，我们信不过，本科时一个补考两门，一个挂科一门呢。"

朱旭涛跟着我们笑，徐亮却是一脸严肃，抱着几本资料书走了。

我倚仗着过人的记忆力，比较轻松地越过考试这道关。考研结束后我又度过了期末考试，之后一身轻松地和胡可可逛了一天街，给她买了化妆品、纯棉内衣，给自己买了双皮鞋。我不喜欢皮鞋，是胡可可强迫我买的，她的审美和余思雅大不一样。

胡可可的姥姥去世了，她妈妈催她立即回乡下一趟。她告诉我大致的归期，我送她上车。车窗内，她的脸上全是平静，没有伤感。我笑不出来，也不哀伤，只是吸烟，傻了似的东张西望。公交车开动的一刹那，我顿感释然。

两天后，我百无聊赖，给胡可可打电话，她的声音透出疲倦、干涩，可能是还没睡醒。

"是你啊！"她没有惊讶的语气，很平淡。

"是我。"

"有事？"

"也没什么要紧的事，只想听听你的声音。"

"哦，有点小感动。"

"饮食、睡眠怎么样？"

"必须好嘛！这么晚了早点睡，不用惦记我。有空发微信就行。"

她的声音里带有我希望感受到的东西。

我请郝东喝酒，吃火锅。他说他把我欠他一顿酒的事都忘了，但是他还记得欠我一顿饭的事。

我说我答应的事都是记得很清楚的，不然怎么做兄弟。

我们聊了聊过去和未来。他说他怀念高中时一起踢球的哥们儿，他说别看我们个矮，那时我们队就没怎么输过。

我知道他的言外之意，这几年中文系就没赢过几场球。他感到憋屈很正常。

我说："你以后有什么打算？"

郝东说："以前特别羡慕土豆、西红柿、辰东、三少他们，我也想写网络小说。但是我感觉自己太懒了，天天更新实在太折磨人了。我怕我根本坐不住。我现在想好了，要么找个稳定工作，忙点闲点都行，稳定就行。实在找不到就跟着亲戚经商，积累点经验之后自己干。"

我没表达自己的想法。因为我既不怀旧，也不相信什么未来规划。我的脑袋里装的是什么，到底为什么这么淡定，我也不知道。

放假的前一天晚上，我们六个人在寝室喝了点酒。他们三个考研人都对英语没把握，对政治和专业课感觉还不错。他们现在知道我也参加了考试，问我感觉怎么样。我说："我不就是玩嘛，还能怎么样！我连专业课的书都没买。再说英语我也没底。"

何良发牢骚："中国人没事学什么鸟语啊！"

我们盘点起三年多来的遭遇。我们多灾多难的寝室，一人患精神病，一人作弊被通报，被张戎他们视为灾星寝。虽然只有一墙之隔，但是507似乎总是春意融融，而508似乎总是漫天飞雪。

考研结束，我们把酒话从前。喝得多一点，就会打破禁忌，聊到唐季，就会发出许多的感慨。

王德山说："唐季那么聪明，要是不发生变故，是块好料。"

"唐季的诗、象棋、书法、背圆周率号称四绝，他是个人才，真可惜啊！"徐亮也慨叹。

"就是太自闭了，什么事也不说出来，自己硬撑着。他怎么就成精神病了呢，啊？"郝东两手交叉，伤感地说。

"喝酒，喝酒！"机敏的何良及时地扭转大家的情绪。

于是我们接着喝。

第二天我们坐车去王德山家，朱旭涛弹起吉他，唱了一首《灰姑娘》，又唱了一首《不让我的眼泪陪我过夜》。大家让他唱个有劲的，他唱起了《情人》。车厢里的男女老少都往这边看，像看外星人似的。

朱旭涛喜欢这样的气氛，唱得更起劲了。他现在的声音嘶哑，听起来时断时续似的，从孙楠变成了杨坤。

他自己也写歌，我印象深刻的有《五月》《花朵般的青春》《石头的爱情》。

他的偶像是陈奕迅。他有陈奕迅全部的唱片，保存完好。有一次他拿着陈奕迅演唱会的门票向我们炫耀，说："看到没，我的E神又要开演唱会喽。"

何良伸出兰花指说："我只看张学友的演唱会。"

朱旭涛哼了一声，说："现在是我们家E神的天下。"

何良怒了，用摇滚腔调说："学友一出来，全他妈趴下——"

朱旭涛不说话了。

在我们寝室，只有朱旭涛一直和何良要好，他们的共同爱好是打篮球。我和徐亮则喜欢跑步，共同坚持了两年晨跑，风霜雨雪皆不误，这是我们的友情特色，更重要的是，徐亮这个人老实，不会撒谎，而且脾气好得跟个奴婢似的。徐亮和郝东喜欢打台球，加上对购买彩票乐此不疲，看成人影片方面又有共同语言，所以他俩也走得很近。还有几个落单的。王德山性情孤僻古怪，独来独往；当初的唐季习惯于躲藏，如同别里科夫。

我们神往于冰天雪地的游戏，第二天一早全副武装后立即出发。

这里的滑雪设备与我们想象中的大相径庭，不是冬运会那种，而是巨大的橡胶车圈，人坐在上面从五十度的山坡滑下，大约可滑出二百多米的距离，下去是很爽，但下去容易上来难，爬到坡顶颇费力气。徐亮吃尽了苦头，他往上爬基本上是原地踏步。最轻巧的是何良，松鼠一般机灵敏捷，这个硬件短小的家伙爬坡的功夫令我们望尘莫及。

爬到山顶，我急不可耐地坐到橡胶圈上，有人在背后一推，就呼啸而下，耳畔生风，苍茫大地我主沉浮。我正自豪着呢，橡胶圈偏离了航道，差点撞上一棵高大的松树。有惊无险，我出了一身冷汗。

同伴们踊跃滑下，欢叫声、笑声响成一片。当我再次滑下的时候，我不得不小心翼翼。

我借口太累，在坡底看着他们飞驰而下。假如白色雪坡是海，那么黑的车圈就是海上的快艇。

掏出手机看看，有一条微信，是胡可可发来的："我一切都好，家里来了好多亲朋呢。想你呢。你好吗？"

我回复："我正在山仔他们家附近滑雪，这里很安静，没有污染，就像你一样一尘不染。"

太阳光照到莹白的积雪上所反射出的刺眼强光，让人感到眩晕。树林那种透彻的寂寥，以及雪地上爬犁经过的痕迹，让人觉得这种安宁生活非常惬意。

"转转吧！"朱旭涛提议。

"行，去哪儿？"

"山上。"

"啊？这么冷的天……"

"你不想去？"

"万一有老虎……"

"你别逗了，我认识的乔欢可不是胆小如鼠啊！"

"走走走。"我不耐烦地说。

"用不用多穿点儿？"他看着我单薄的装束说。

"不用。"我扬手把一个雪团掷向高空中的一只飞鸟，大约慢了零点几秒，连飞鸟的尾巴都没碰上。

到坡顶，我们坐下来。

话题从高中时代开始。我和朱旭涛在高中时代都是低调的模范。

整整三年，他的同学都不知道他有一副好嗓子，只知道他读课文很利落，声音洪亮。他的课桌上贴满了明星照片，那里面有他的梦。家长的霸权使他无缘报考艺术院校。他对文学兴趣一般，对音乐情有独钟。他极不情愿地填报了中文专业。

"这是一个轻松的专业，"他说，"如果非要学语言类，我觉得不如去学英语，将来当个翻译也不错。"

"英语和中文半斤八两，也就那么回事。"我的实话起到一点安慰的效果，他微微笑了一下。

"那你理想中的专业是什么？"他问。

"当然是考古了，挖到点奇珍异宝就成了著名考古学家啦！"

"怎么不考？我们有这个专业啊！"

"有人告诉我说，这一行太辛苦，我可受不了。我得保证每天八小时睡眠，下午还得补睡两个小时。"

"可你有时上午十点才起来啊！"

"是啊，那不是为了把下午的觉抵消嘛！下午就可以精力充沛地踢球啦！"

"生活不错。"他说。

"是啊，大学四年，我睡掉一年半；上网、玩手机、处对象、踢球、唱歌、抽烟、喝酒用了一年；胡思乱想用了半年；干家教、在酒吧混、租房子、逛街、上厕所，这些又用掉大半年；剩下点时间无非是听课、考试。就这么混过来了。"

"我们大同小异。"朱旭涛说。

"你混得比我好。"我说。

他递给我一支烟，给我点燃，也给自己点上一支。他望着远处厚重的云层说："还有半年就各奔东西了。"

"是啊，真快！想一想，确实叫人茫然！怎么过都是四年，我觉得我可能已经虚度了。"

"你不是有校花做女朋友吗？多少人羡慕嫉妒恨哪！"

"她是不错，可我们的未来没有重合的点，迟早会分开。余思雅早就教会我认清现实了。"

"她还教会了你怎么看人？"

"对。一见如故，形同陌路，貌合神离，临时组合，天造地设……她都教会我怎么鉴别怎么对付了。"

"厉害啊！那你应该感谢她。"

"对，她是我最好的老师。"

"乔欢，你是个挺重情义的人。"

"可别这么说，我是咱寝室最不靠谱的人。"

"怎么这么说？"朱旭涛郑重其事地问。

"比方说陈溪，你为了她抛弃了张月，我觉得你又残忍，又值得敬佩，因为你有足够的勇气去背叛和追求。陈溪对我不错，尽管张戎和陈溪早就分开了，但是一想到我和张戎的兄弟情谊，我就不忍去充当这个尴尬角色。"

"真的喜欢她？喜欢我就让给你。"

"你还是算了！我跟陈溪就是聊得来而已。"我说。

"我们已经分手了，不然，我昨天怎么会喝那么多！我心里不好受……你知道她对我说什么吗？她说，她喜欢的是你。她现在想好了，她和我只是普通朋友的关系，或者，连普通朋友都做不成。"

"为什么？"

"她说，沉溺得越深，伤害也越深，不如趁早看透想清楚，不要等到最后再做决定。青春是宝贵的，我们的每一天都是金不换的，没必要浪费感情。"

"她在爱情上这么清醒，我没想到，"我说，"可她为什么偏偏看上我了呢？"

"我也琢磨不透，你小子命好吧！"朱旭涛苦笑着说。

"好个毬，余思雅玩消失，胡可可和我到毕业就结束。"

"为什么不能继续？毕业就可以结婚了嘛！"

"说起来简单，爱情不等于婚姻。志向不同的人，格局和路线也不同。友情、爱情都需要交集，如果交集总是寂寞或不快乐，那就玩完了。而且，她要去普林斯顿大学，她爸爸已经给她落实了一切手续。"

朱旭涛一脸惊愕。好半天他才说："交集？有道理啊。"

"经验之谈而已，有什么道理，再说，我只喜欢余思雅那样的女孩，胡可可是女神，家庭条件那么好，而我，高攀不起呀。"

"你会后悔的，乔欢。"

"没什么好后悔的，都是自己选择的，就像逃课一样，我选择不去，就是不去，自然也不会觉得错过了什么，在乎与不在乎是不一样的。"

"嗯，你说的对。那余思雅到底是个什么样的人？"

"余思雅和陈溪相似，豪放，爱情至上。陈溪受了伤以后隔一夜就忘了，余思雅受了伤就会伤很久。这是她们的差别。"

朱旭涛说："我很佩服你，欢哥。真的。"

"你得了吧，我弱得很。"

"我们应该投入社会的怀抱去锻炼，就像是鱼儿入海。长成大鱼也好，被大鱼吞掉也好，总之，眼界开阔了，看见了海，而不是坐井观天。"

我说："看见了海，也许会更加失望。我无力长成大鱼，但可以竭尽全力地不被大鱼吃掉。"

安静的雪地，这是我梦寐以求的所在，在这儿，我可以体验到省思的乐趣。在这儿，我知道了另一种生活方式，知道了善良可以洗涤罪恶。心灵的毒，需要反反复复地省察才可排出。

雪坡之谈，化干戈为玉帛。我们之间的敌对是不堪一击的，多年友情的基础是牢靠的。另外，我们都明白了，爱情是不讲逻辑的，跟它有关的问题，都不可太较真。

他们各自回家，我则提前返回大学城。先去理发、洗澡，然后神清气爽地去买衣服。买了一身深色西装，还配了件白衬衫，又去挑了一双皮鞋。

我从不刻意打扮自己，因为眼下该找工作了，所以得装一装，由不得自己无拘无束的个性了。

又去七匹狼挑了两件休闲装。从前的运动装都不打算穿了，牛仔裤还可以穿。我有五条牛仔裤，各个价位的，最便宜的一条花了五十元。穷的时候想潇洒，一条牛仔裤也就够了。

郝东腿短，偏偏爱穿长款风衣，走起路来晃晃悠悠。王德山个子高，皮带却细如麻绳，显得寒酸。开学后，我用在酒吧驻唱挣的钱给郝东买了件修身短款风衣，给王德山买了一条大气的宽皮带。他们改换造型后果然帅气了不少。小米手环一人送一个，何良他们恨不得亲我一口。王德山满脸的感激。除了王德山，这一天他们一口一个二哥，亲切呼唤的次数超过了过去三年半的总和。

我们寝室成员在W楼门前照了张合影，个个脸上带着搞笑的表情。

07

青春就像一次性尿不湿，用完就作废了；青春就像智能机，更新换代特别快；青春就像青春痘，当它消失的时候，很多东西也跟着消失了。

——欢子语录

胡可可听说我返校了，过完年她也提前回来了。整个假期，我们发了无数的微信，打了二十多次电话。真是"相见不如怀念"，见了面，火热劲儿就打了折扣。

她给我带了一大包自家制的酱牛肉。这是我吃过的最好的酱牛肉，她看我吃得香，很高兴。励敏还没回来，我和胡可可每天闲逛、看电影。

胡可可的寝室美女多，然而外院的男生极少，所以她们貌美如花却大多没有男友。因为我与胡可可的关系，我们宿舍与胡可可宿舍结成了联谊寝室。其实我们跟多少个女生宿舍结成过联谊寝室，我也记不清了。何良在这方面比我更善于运作。我们邀请胡可可寝室同学一起吃了顿饭，庆祝胡可可和她的另外两个姐妹过了托福和雅思。中文系男生的英语水平跟她们英语系的女生比逊色不少，所以我们也就没提英语的事。我们谈的是我们的强项，先秦文学、明清文学是我们最愿意谈的。就好像我们个个都是骚客一样。朱旭涛对四大名著颇有心得，喝点酒就开始神侃。

为了让他闭嘴，我们轮流敬他酒。朱旭涛说，我最喜欢林黛玉，弱柳扶风，像我这样高大挺拔的，正好可以搀扶一下。胡可可说："那我们寝室肯定都不合格了，我们都是女汉子类型。"朱旭涛有点哑火了，他到卫生间去吸烟。

晚上我和胡可可到操场上看星星，虽然天气有点冷，但是我心情不错，浑身上下充满了力量。我忍不住把胡可可抱起来旋转了几圈。把她放下时，我们俩都有点晕。我们嘻嘻哈哈地跑了一会儿，跑累了，我抱住她，我们在莹莹白雪与漫天星光的交相辉映中深情地拥吻。她闭上眼，像个天使。

某一瞬间，我想到了余思雅。然后，我努力地控制自己不去想余思雅。我抱住的是胡可可，我和余思雅已经是过去式了。我不能在爱一个人的时候想着另一个人。但是，记忆有时就是这样残酷，它硬是塞给你一些不合时宜的东西，让你伤心或者郁闷。操场上只有我们俩，我们坐下来，彼此沉默着，就这样不声不响，但是仍然感觉十分充实，似乎我们的心已被很多甜言蜜语填满。这种感觉是快乐的，犹如冬雪般纯净。

我一直认为，天地之间有很多看不见的精灵，它们善良、俏皮，认为某两个人般配，就会千方百计地撮合他们，成人之美。我想，此刻，大概某些小精灵正望着我们吧，它们在想，就让这两个年轻人永远在一起吧。想到这，我感受到融融暖意。冬天是最好的童话布景，也许，童话就是某些童真的、简单的想法的投影吧。

回到宿舍，我给胡可可发微信：“今天我很快乐，一生有你就好。”

她回复：“一生有你！晚安！”

我亲了手机屏幕一下，然后插上耳机听音乐，听的就是水木年华的《一生有你》，之后又听了《启程》《借我一生》《青春再见》。听到《青春再见》的时候，我的心莫名地痛了一下，就好像小的时候养了很久的小动物意外地失踪了，遍寻不着，心里酸酸的，惆怅满怀。

青春到底是什么，是怎么一回事，我暂时还没有搞懂。难道无解就是青春的本质吗？

接下来我又听了鹿先森乐队的《很久以前》和《春风十里》。这是我百听不厌的两首歌。这两首歌会让我迅速重温历历往事，包括当时的情绪、表情和状态。只是当时的想法已模糊。我渐渐明白，人再也回不到过去，主要是因为人再也回不到过去的那个人，你成不了过去的你，我成不了过去的我。时间的泥沙带走了过去的你我。我们随着时间的河流奔向未知的地方，然后成了与从前不一样的人。

所谓的不变，不过是一些习惯、一些姿态、一些微笑的模样。人总是要退去青涩，路过的时候觉得青涩是一种负担，等它全然褪去了才发现它的珍贵。就像树上的果实，成熟的时候有成熟时候的美，青涩时候有青涩时候的美，二者不能互相取代，也不能说哪个更美。没有青涩的过程，也就谈不上成熟的过程。

很多道理说起来简单，可是总是要一点点懂得。一旦懂了，就会省却许多麻烦，减少许多烦恼。没有一个先知一般的引路人，一味地独自在芜杂的价值观和萦绕在心的千头万绪当中奔突驰骋，实在是很辛苦。王德山说，咱们欢子有时活得没心没肺，有时活得多愁善感。他说得很对。

第二天我先去拔了一颗智齿，胡可可温柔而又担忧的表情令我有一种被幸福包围的感觉。之后休息了一会儿，我和胡可可骑共享单车去郊区看望她的奶奶。她的奶奶半身不遂，还有点老年痴呆。胡可可一见到她奶奶就哭，我拍拍她说："奶奶会好的，现在医学这么发达，慢慢来。你看看，奶奶都笑了，笑得多开心！"

其实我心里也很不好受，看见奶奶上个厕所都要兴师动众的，心里感叹，什么都没用，健康最重要啊！好在胡可可家有钱，雇了一个专业护工和一个保姆，邻居也经常过来探望。

胡可可给我看老照片，她爷爷健在的时候精神抖擞、神采奕奕的，什么病都没有，只是没有任何预兆，突然就走了。胡可可捂住嘴，难掩悲伤。我说："人生就是这样无常，我们得学会珍惜才是。我也很难过，但是我们要开心地活着，这样爷爷的在天之灵也会得到安慰的。"

在胡可可的奶奶家住了一宿，我基本上没睡，因为胡可可就睡在我身边，还不让我动手动脚，实在是太难受了。

第二天，我们进山去滑雪，玩得超开心。再过一个月，雪就化了。现在不算太冷，滑雪也算恰逢其时。胡可可戴着橘色的滑雪帽，滑雪的姿势很可爱，哆里哆嗦，动不动就摔倒了。我只好带着她，慢慢滑，她掌握技巧以后，就不那么紧张了。

山里的空气清冽，沁人肺腑。我们大口呼吸，欢畅自在，感觉这一小片天地就是为今天的我们准备的。

我抱住胡可可，在树林里望着林中雪景，这里万籁俱寂，有一种天高地阔的静谧之美。我亲吻着胡可可粉红的脸颊，她的睫毛上凝着一层霜，眼睛忽闪忽闪，真是美极了！我按捺不住悸动的心情，和胡可可在雪地里尽情地穿行。她望着天空，半是兴奋半是惶恐，问我："你真的爱我吗？"

我说："全世界都知道我爱你啊！你不知道吗？嗯？"

她幸福地笑了，说："我现在知道了。"

我们累了，手拉着手躺在大地的怀抱里，放空自己，感觉心灵深处日积月累的垃圾已经倾卸一空。现在，我有一种活着真好的感觉。这是从前不曾有过的体验。

我想起和胡可可一起献血的经历。她那么胆小，献血时却那么勇敢。她说："我的生命能给别人的生命带来帮助，这是我最开心的事。不然，怎么证明自己活着有价值呢？"

我听了很感动。此刻，我已经受到她的感染，因为我从她的观念和行为里感受到了幸福的真谛。

胡可可寝室共六个人，平时两两结对同行，胡可可喜欢与何秀在一块。无论是上课、上自习、吃饭，还是上厕所，她们俩总是结伴同行。

因为我寝室跟胡可可寝室是联谊寝室的关系，所以我多多少少了解了一下她们宿舍的人。

要说外貌，除了何秀，都在八分以上，应该说都够校花的水准，只是胡可可最有典雅气质。现在时尚的女生太多，让人过目不忘的太少。胡可可就属于那种既耐看又让人过目不忘的类型。

但是，要说人品，其中岁数最小的两个有点爱算计，脾气也比较火爆。比如说，她们寝室说好了请我们寝室吃饭，她们六个AA制，到了当天又变了，因为小五和小六不同意，说既然是吃饭，就该让男生请，就算男生不请，也得十二个人AA制，凭什么他们白吃！

小五和小六说的也有道理。王德山我们几个一合计，还是我们请吧。男生请没毛病，再说，王德山看上了她们小六，徐亮看上了她们老四。也许一顿饭之后就能获得进展。但是，电话打过去了，人家小六接的，说姑奶奶不去了，爱谁去谁去。

我用微信问胡可可，她们小六怎么啦，怎么这么大火气？

胡可可说："这算轻的呢！我们老大净受她的气了！几乎天天得看她的脸色！最近，连我她也不放在眼里了。有一回，她洗衣服故意用挺大劲，水花都溅到我的豆奶杯里了。你说我还怎么喝？你要是说她，她就背着你使坏水！我当选校花那回，她没名次，气坏了，还往我的床单上倒水呢！老大当场发现的。那回是看见了，她没有退路，只能硬着头皮跟我道歉，说不是故意的。"

我说："也许真的不是故意的呢，不用太往心里去啦！离毕业也不远了，多担待点就是了。"

胡可可说："只是她说话太难听，还说你呢。"

"她说我什么？"

"她是跟老大说的，她说'谁跟乔欢走得近，就是脑袋进水了'。"

"她脑袋才进水了！"

胡可可让我到篮球场等她，说想散散心。我们见面之后，就在篮球场一圈圈地走，场地太小，我们又去艺术学院转转。那里的小花园曲径通幽，正适合散步。

我开导别人算是颇有天赋，只是我不喜欢说废话。只要看到对方开心了，我就立刻闭嘴。其实开导别人用的都是谁都知道的道理，只是在某些关节点上有些人忘了基本常识和基本逻辑，你稍微提醒一下便是。另外，要是不能看到人皆有缺点这个共性，总是希望人人都该有圣贤的言行，这就会很痛苦。谁能没有缺点和过错呢！

胡可可挽着我的手，在甬道上蹦蹦跳跳，这说明她的心情好多了。

我转移了话题，聊起我们宿舍，我说："我们老大不善言辞，但是他很有本事，会做饭，会散打，还买布料自己做衣服。这几年我们的袜子坏了，他缝；我们的扣子掉了，他缝；我们的新衣服跟别人撞衫了，他就给绣点装饰。他是好人哪！反正我很服他。"

胡可可说："你别说，还真是够特别的！就是他不苟言笑的样子太吓人了！我们小六不喜欢他！"

我说："这我知道。上回AA制那事，我们老大也知道你们小六的情况了。所以呢，他们根本就不合适嘛！"

胡可可用雪白的小皮靴踩了我一下，说："咱俩合不合适呢？"

我说："鞋子特别合脚啊！"

胡可可脸红了，用拳头砸我的后背，说："你是个讨厌的人！"

过了几天，我和胡可可又去献了一次血。回来后，我请胡可可吃饭，我们点了南瓜饼、蔬菜沙拉、一份果盘、一屉小笼包，还要了炒猪肝。我说："这东西补血不错。"

"你有没有注意血站门口贴的白血病女孩需要捐款的告示？"

"我注意了，怎么啦？"

"那小姑娘太可怜了，我们能不能帮帮她？"

我想了想说："我也正考虑这事呢，钱的方面，真的是捉襟见肘，但是我可以捐骨髓。"

"啊？你真的愿意捐吗？"

"这有什么愿不愿意的，我的身体我做主。再说，这是救人的事啊，是好事。"

"对身体没有损害吗？"

"我了解过一点，没有损害。我明天就去捐。"

"我陪你去。我还可以捐一万块钱。"

我微笑，点头。很久没有被自己感动过了，这是少有的一次。胡可可这么有爱心，也很让我感动。

我真的去捐了骨髓。我的身体素质好，一切都OK。胡可可的捐款也在红十字会和电视台的见证下，予以落实。

我们没想到，这点事那么快就被学校知道了。校长非常高兴，人文学院、外语学院的院长和老师们也都很高兴。

本来我们想低调，但是现在所有人都知道了，而且知道是我们俩一起去的，有电视台的镜头为证。我知道，我俩的恋情已经不是什么秘密了。管它呢！

"乔欢，高尚了啊！佩服！"

看看，有人开始挪揄讽刺了。做了好事，不一定人人点赞，问心无愧就好。

很多天没跑步了，腹部出现了赘肉。第二天早晨，我五点就起来了，跑了一个小时。然后跟王德山练了会儿摔跤和散打。他拍拍我的肩膀说："你不坚持锻炼身体，三天打鱼两天晒网，看看，就这么几分钟，你就喘粗气了。"

"向你学习，我一定坚持锻炼。"

连续坚持锻炼了一个月，我的体形恢复了，腹肌依然坚挺。胡可可抚摸着我的八块腹肌，说："我还是喜欢你原来的小肚肚，你给我变回去。"

我哈哈大笑，说："早说呀，早说我何必这么辛苦啊！"

我说我能把她举过头顶，她不信。

当我抓着她的腰带要把她举过头顶的时候，她惊得花容失色。我急忙把她放下。青春的荷尔蒙爆棚，我似乎有用不完的力气。

我们周末骑着共享单车去公园玩，中午在那儿野餐。我喝了几瓶啤酒，顿时来了精神，给胡可可唱了一首《富士山下》。我唱得很有感情，胡可可泪光闪烁。她说："如果我们的爱情走不到尽头，怎么办？你会不会恨我？"

这话问得突然，不过我毕竟是在情场千锤百炼过的人。稍一犹疑，就回答了："如果走不到尽头，它也是美好的，是生命里最重要的部分。爱情让我相信，美好的事物真实存在过，这就行了。如果恨解决不了问题，我就会把恨放下。我一直都是这样做的。恨是最不好的情绪，是心理负能量，我不会背负这种负能量去生活的。有的人用恨去证明爱，证明没有忘记，我认为这是脆弱的行为。恨只能证明自己不堪一击，别的什么都证明不了。"

胡可可说："我很担心，因为我父母最近说打算让我到国外深造。托福和雅思都已经过了，申请材料也通过了，签证我爸爸正在给办。"

现在轮到我泪光闪烁了。我不知道该说什么，就我的本心而言，当然是不希望她离开，但是事实就在眼前，你必须坦然面对。

"你应该去追求更好的舞台，你的人生应该获得更多的可能性。"

胡可可说："如果我坚持留下来呢？我可以跟你一起找工作。"

"不行，那对你不公平。你不要迁就我。"

我自己都觉得我说得有点悲壮，像英雄似的。其实我心里埋藏着一万个不舍。

我们在公园的小山上，躺在野餐防潮垫上，相拥了很久。我终于抑制不住眼泪，我们紧紧抱着彼此哭泣了很久。

她安慰我说："都说不准的，只是做两手准备而已。再说，爱情是不会因为任何选择而变质的。"

从公园回来后，我们谁也不提今日的谈话。一切一如往常。

走在胡可可身后，我常常感到身体强烈的膨胀，只好佯装腿抽筋，弯下腰去缓一缓，待反应消退后再继续走。

我问她今年有什么愿望，她说保密。

我说我的愿望就是找个满意的工作，但从目前形势看来，说不定得等到明年就业了。

　　她笑个不停。"你不会那么笨的。"

　　"看运气了。对了，我还为找工作准备衣服了呢。"

　　"明天穿给我看看。"

　　"好的。"

　　第二天我穿给胡可可看，她说："哇，很有型啊！你怎么不系领带？"

　　"因为我不羁，所以我不系。"

　　"那绝对不行。必须得系。"

　　"你太霸道了，你在家里一定是刁蛮公主。"

　　"那当然，在家里说一不二。我爸最怕我了，我一不高兴他立刻发慌。"

　　"喜欢你爸？"

　　"当然喜欢，我以后找老公就找我老爸那样的，高大英俊，有安全感。"

　　"那我呢？有没有可能成为你未来的老公？"

　　"你倒是满足其中两条。现在说什么还为时尚早，我可不会嫁一个在外地工作或者不工作的男人。"

　　"可以理解，看来我是有差距的了。"

　　她得意地说："有自知之明就好。"

　　"你说我满足两条，是哪两条？一共几条？"

　　"你的身高满足呀，还有就是霸气。第三就是要有好工作呀。什么房子、车呀，这些我真不在乎。所以你满足前两条。"

工作，工作，第二天我就开始下功夫找了。

胡可可最大的爱好是看小说。大学四年里，她看了五百本小说，包罗万象。她的第二个爱好是讲她看过的小说。她本来话很少，又不善言谈，讲故事很不生动，口头语又太多，听者会感到很累。我就是一个很累的听者，硬要装作听得津津有味的样子。

她评价说："你是最好的听众了。"

我口是心非地说："是你讲得好。"

没想到，这种形式潜移默化地锻炼了胡可可的口才，她越讲越细密连贯、富于神采了。

胡可可的手很美，柔软、灵巧、细嫩，让人相信那手永远不会变老，会一直停留在这样美好的状态里。

胡可可极少表现出剧烈的情绪波动，她很容易让人产生好感，连择友苛刻的励敏也喜欢她。

她爱吃水果，喝很多白开水，基本不喝饮料；她每天还要写简短的心情日记，还要随手在文字后画些花鸟，增添韵致；她和寝室同学关系很好，因为她很乖巧，时常说些小孩子的话，一副没有心机的模样；她身边不乏长期追求者，有个追求她的男生相当执着，从大一到大四，一直对她穷追不舍。她仍然淡然处之。她对我说："不喜欢就是不喜欢，感觉上合不来嘛，就不可能在一起。"

我说："那个男生一定濒临绝望了。"

她笑了，笑得天真烂漫，她趴在我耳边说："他呀，坚强着呢，我特别喜欢看到他的坚强一点点消失的样子。"

"这样不好，"我说，"你应该直截了当。"

"这你就不懂了，直截了当这是理论上的，但是否留下后患这可就不好说了。万一他人格偏执呢，不如给他一点点小希望。等到毕业，天各一方，就不会再来烦我了。"

"你不可怜他吗？"

"可怜？可怜是同情，不是爱情！"

"你们女生都够绝的啊！"我感叹。

我和胡可可过了半年多小两口般的生活，一起吃三餐，一起散步，一起看电影，一起逛街，一起在励敏的住处作乐，寻求刺激。我一次买了十盒杜蕾斯，把她吓得不轻。

我用安抚小动物的口气说："我不会把你怎么样的。"

她说："我知道，但是我怕我把你怎么样了。"

我一听乐了，装作恐龙的样子张牙舞爪地把她按住。

我们买了榨汁机，在励敏的家里榨果汁喝。

胡可可希望我找一份正经工作，我说："不，我们的方向、眼光不同，判断也就不同，而且我们的长处也不同，你就别瞎操心了。"事实上，我几乎没什么超一流的长处。

我有自知之明，口才仅限于搞对象，文采仅限于忽悠，大学四年，除了编段子，没什么突出的变化。

我考了一次公务员，很倒霉，总分差了1分，进不了面试，只能眼看着兴冲冲的张戎去参加面试。可惜的是，他面试太紧张，磕磕巴巴，被淘汰出局了。毕业以后，如何混生活，对我来说是个全新的领域。

我还参加了一次省里举办的歌手大赛，取得了第二名。这次比赛让我的信心倍增，并让我重新思考起了自己的人生方向。我想我不妨试试演艺之路。万一成功了呢？这个一闪而过的念头很快变成了我新的梦想，新的梦想逐渐将我的生活激情点燃起来。

宿舍今天停电。我和郝东在宿舍里喝了几瓶啤酒，之后郝东邀我出去打网游。

这家新开的网城宽敞明亮、舒适整洁。与一般小网吧的脏乱差、空气不流通相比，这里实在太好了。

然而，好心情是容易被破坏掉的。

我的《那些花儿》遭遇了大量的转载、谩骂，还有人把书名改成《那些草儿》，书的内容一字未动，署了另一个名字。我望着那个不相识的家伙的笔名——乔乐，心生怒气。

"老板，来瓶雪花。"雪花最符合我的口味。

哪儿冒出个乔乐呢？但看到乔乐也遭遇了不少人的谩骂以后，我又平和了，心想，老弟，你也替我分担了不少苦痛啊！

回想这四年里，我过着自由闲散的生活，身体居然越发强健有力了。这也许是中医上所说的阴阳平衡所致。那么中学阶段，我目光呆滞，脾气暴躁，骂人恶毒，在题海中苦苦挣扎，我当时肯定是生理心理严重失调了。刚上大一的时候，空前的自由令我不知所措，不知道这么多时间、这么多精力该怎么打发。

我和胡可可去了联合书城，为她挑选好看的小说，《解忧杂货店》《无声告白》《岛上书店》《地下铁道》等等，装满了她的背包。

晚上，我和胡可可一起参加我们寝室的开学聚会，郝东也把何秀带来了。最后一个学期了，再不疯狂就老了。似乎每个人都准备好了最后的疯狂，都是无所谓的表情。

何秀的脸盘更大、腰围更粗了，不说话倒显持重，一说起话，或者笑起来，浑身的肌肉都在打战。她的笑声极爽朗，有很强的穿透力。

六个人，四个光棍。王德山、徐亮是顺其自然，朱旭涛和何良是由于种种原因落单了。

郝东一个劲儿地小声劝诫何秀："多吃菜，少说话！"

何秀立刻提高音量说："还能不让人说话？你想憋死我呀！老娘偏说！"

胡可可给予了她坚定的支持："对，偏说！"

这两个好闺蜜碰到一起，唠叨个没完。一个擅长抒情和议论，一个擅长叙述，一唱一和，相得益彰。在我的示意下，胡可可才收敛了讲故事的欲望，只是见缝插针地讲了几个小笑话，逗得何秀眼泪都笑出来了，笑得一群男人莫名其妙。

弟兄们谈论最多的话题是前程，说庸俗点就是工作。

别的寝室，六个人差不多签了五个，考研族也都找了工作，以防万一。只有我们寝室才签了一个。

王德山、朱旭涛和徐亮大概太自信了，没想到就业形势那么严峻，现在也有些慌乱、不自然，特别是酒过三巡，他们内心的真相都写在脸上了。

他们奇怪地问我："乔欢，你怎么不上火啊？你就不怕找不到工作？"我理直气壮地说："有啥好上火的！工作又不是生活的全部，我现在还没玩好，等我玩够了再找工作！"

郝东说："就好像工作摆满大街等你挑似的。"

我笑，和气地说："你小子，连个称呼都没有，好歹也得叫我声二哥吧？"

郝东冷笑："能叫你老二就算抬举你！"

我把眼睛一瞪，王德山连忙说："六子喝多了，他只有二两的量，非装英雄。"

郝东把酒杯一摔，吼道："谁装英雄？谁装英雄？"

何秀站起来了，指着郝东的鼻子尖说："你是狗熊！呸！狗熊都不是！连句人话都不会说！"

别看郝东对我们耍横，他对何秀还是服服帖帖的，我们也都是看他小，把他宠坏了。

他见何秀真生气了，马上堆起笑来，说："老婆息怒！老婆息怒！"

我们暗笑。他又端起酒杯对我和王德山说："大哥、二哥，我错了，你们也知道，我这口德不好，总想呛着别人说话……"

"当然知道你了，所以我们不生气，是不乔欢？"王德山说。

"怎么可能生气？兄弟嘛！我们的寝风就是张扬个性，拒绝扼杀人才。"我说。我心里想的是，我们寝室哪里还有寝风可言哪！

"对对对，诸位人才干一杯。"何良说。

大家又干掉一大杯酒。

胡可可问我："励敏还没回来吗？"

"她病了，可能还得一个星期。"我说。

"怎么搞的？她体质这么弱！"

"其实她身体很好，是考研累的。一松弛下来，身体的不适症状就明显了。她说她发挥得不大理想。"我说。

"但愿她能考上。"

时间飞快。考研成绩和录取分数线都公布了。朱旭涛踩在了录取线上，徐亮考到了四百分，王德山倒在了英语上。我呢，高出分数线五十分，有点沾沾自喜。

他们说："欢子，你这脑袋不是一般脑袋啊！"

我说："难道是西瓜？"

三天打鱼两天晒网的励敏，专业课一塌糊涂。她哭了好几天。张戎发挥得很好，稳操胜券，他常年黯淡的眼神如今一扫忧郁的阴霾，闪烁出明亮的光彩。

朱旭涛安慰老大说："成绩已经很好了，再说可以试试调剂。"

王德山有点沮丧，他说："你们不用安慰我，第一，我没那么脆弱，考试本身有高有低，几家欢乐几家愁；第二，我没有抱很大希望，只想检验一下自己四年的学习情况；第三，我的家境你们也知道，需要我尽快工作，缓解经济压力。"

陈溪获得保送研究生资格，引来中文系不少人艳羡或嫉妒的目光。

朱旭涛沉默了好几天之后，告诉我们他不去参加面试。他说："虽然有一些希望，但我考虑清楚了，自己不适合做学问，再读三年也是浪费三年，不如到此为止，去自己想去的地方，谋自己想谋的职业。"我们各抒己见，最后也都表示尊重他做出的选择。

徐亮学习踏实勤奋，基础扎实，在图书馆修炼成精。这一切都是不声不响的。他的成功在许多人看来，是发挥超常的结果，是一匹黑马杀出。我们却不怎么感到意外，因为他的付出有目共睹。

"人真是不可貌相啊！考前拉稀还能考这么好！"徐亮出去打水

后，何良议论道。

郝东说："就凭他敢睡唐季的床铺这一点，他的智商啊，高不了。"

何良说："唐季可是高智商啊，依我看，他是沾了唐季铺位的光。"

王德山说："人家徐亮初中时智商就有145。"

郝东说："这怎么可能嘛！都是传言，不足为信！"

"怎么不可能，他的智商直追他的体重。"何良反驳。何良嫉妒的语气说明他一点也不为徐亮高兴。

羊在狼群当中得到了尊荣，狼能让羊舒服吗？

徐亮无暇领会这些，他积极地准备着复试，一餐四个菜，给自己增加营养。

我们也在积极地找工作，参加各种人才交流会。

所有的人才交流会都是摩肩接踵、人满为患，大家的表情显出稚嫩和焦灼。

我总是满怀希望地来，灰心丧气地走。我完善了简历，在特长栏里加上了散打、声乐、表演等项，在里面加入了几张艺术照。

把新简历再投出几份，渐渐有了回音。我心想，难道是颜值起了作用？但因为起薪太低，我都回绝了。张小溪到电视台应聘成功，我和王德山向她表示祝贺。

王德山签了他家乡的中学。他说："我打算当教书匠了，业余搞搞藏书，我的书多了，就成了乡村图书馆了，谁都可以来看，丰富农民的文化生活。"

"佩服，有境界！"郝东说。

"在一个穷地方，人会疯。"何良笑话他说。

"人各有志，什么穷啊富啊的。"朱旭涛说。

"我倒觉得老大的选择很好，悠闲自在，做个民间学者，这是多好的事情！"我说。

"先就业后择业，以后老大也可以去发达城市嘛！"徐亮说。

"我不会去的。我只喜欢乡下。"王德山淡然地说。

"你有什么打算，乔欢？"朱旭涛问。

"老天晓得。"我说。

朱旭涛乐了："你小子竟然能考这么高分，你到底啥时候报的啊？神不知鬼不觉，厉害啊！"

"都是凑巧，瞎胡闹而已。再说，复试怎么样还八字没一撇呢。"我问他，"你呢，以后有啥打算？"

"去广州。我的叔叔在那儿开公司，他希望我去。"

"哦。"

励敏退掉了昂贵的房子，搬回寝室。她没有找工作，打算去南方玩半个月，散散心。

"明年还考吗？"我小心翼翼地问。

"考。"她不假思索地回答。

屈指可数的一百多天，也是一生中最后的校园生活，我有些怅惘，不是出于留恋，是说不清原因的怅惘。

怎么度过这一百零几天？我得理出个头绪来。

早晨跑步，白天事情多如乱麻，晚上才能静下心来喝点茶水。

我嘴上说不着急找工作，两条腿却一刻未闲，四处搜集信息，衡量优劣，分析利弊，筛选可考虑的对象。

凡是对我来说可考虑的，人家都不考虑我。我决定参加研究生复试，并认真准备。

可能是受了王德山的影响，我报名参加了春季长跑比赛，路程是一万米，我坚持跑到了终点，累得差点吐了血。报名人数为一千五百人，我跑了第二十几名，得了一条毛巾和一把牙刷。为了这点东西，我拼成这样，感觉自己像个傻瓜。

不过，事情总是有利有弊。这毕竟是一次检验，证明我的身体还说得过去，没在这瞎胡闹的四年里把自己玩残、玩垮，还有一定的战斗力。

不久，我又遭遇了一次面试失败，这是第七次了。我穿着笔挺的西装回到寝室，还得在别人的虚假关切中表现出自信与不屑，说什么"那个老总长得像相扑选手""那个单位太缺少活力"之类的屁话，让大家觉得是我没看上人家，而不是人家没相中我。

我越来越强烈地讨厌西装和领带。

我买了不少啤酒，放在床底下，每天晚上回来喝一点。当然，我的兄弟们非常善于共享。有的时候，没等我回来，床底下就只剩下空瓶子了。

沙尘暴在这个季节里出现，使我们的心情更坏，郁闷到了极点，有时特别想找个人打一架。可大家都跟蔫鸡一样呆头呆脑，眼睛望向某处就不动了，你大吼一声，他才能回过神来，这样的人值得打吗？

值得打的都是有生命活力的，可大家都是一副霜打的茄子状，没有挑衅和接受挑衅的积极性了，似乎都在等待毕业证和学位证发到手了事。可是这一天偏偏慢慢悠悠地接近，让你干着急，急得火烧火燎，如同热锅上的蚂蚁。

空虚并不痛苦，意识到空虚才叫痛苦。

徐亮复试归来春风得意，四处邀请他熟悉的人，唯恐别人不知道他考研成功了似的。他激动地表示："通知书到了以后，再喝一次。"

我们相信他的酒量，也相信他的承诺，只是不喜欢低调惯了的人突然变得张扬。就好像以前的低调都是假的，装出来的，把聪明的大家蒙了三年零几个月。

我们欢迎一个人一如既往地保持一种处世风格，一种性格，一种姿态。这也许是一种习惯，我们往往要求别人百分之百地真诚，却允许自己七十二变、百分之百地不真诚。我们无限期待别人更傻一点，自己更智慧一点。

何良最近迷上了爵士乐，走路都要塞上耳机听音乐。他就是在这样的情况下出车祸的，尽管不是很严重。他被一辆自行车撞了。虽是自行车，但当时自行车车速很快，骑车的人身躯庞大又喝醉了酒，因而惯性极强，将尚未穿过马路的何良横着撞飞，在我的视线内，穿着米黄色T恤的何良就像一只黄猫，横着飞出好远，然后平着落地，一动不动了。

我们冲了上去，醉汉傻了眼，一句话不说，只是直勾勾看着地上人事不省的何良，好半天醉汉说了一句话："这下麻烦了！"

"快叫车！"我们急了。叫了一辆出租车，我们将何良送往医院。

何良在出租车上醒了过来，他欲呕吐，王德山摇下车窗，何良探出脑袋，费了半天劲，只吐出几口唾沫。王德山敲打他的后背，我们无不为何良担忧。

醉汉完全醒酒了，他打电话让他老婆来送钱，他老婆慌慌张张地来了，知道她老公无恙后，放心了，一脸有钱就能摆平事的那种自信神情。

我们兄弟无论如何也自信不起来，一个个焦急地在医院走廊里徘徊。王德山和我守在CT室门口。

诊断结果出来了，没什么事。但得住院观察两天。我们松了一口气。

我们一个也没走，买了一大堆盒饭，凑合吃了顿饭。

旁边那个床铺躺着一个中学生模样的男孩，头被人用钝器砸破了，缠满了绷带，他一直在骂："这帮孙子，等爷爷出去的！"

这男孩命令他眉头紧蹙的爸爸给他点一支烟，他爸爸照做了，这男孩旁若无人地吸起来，真有几分亡命之徒的架势。

急救室里正在抢救一位奄奄一息的老太太，手术室里正在给一个刚刚被捅数刀的男子包扎。

医院让人充满恐惧、忧伤与绝望。人活着怎么这么多的事？人生到底该怎样过？我们大把大把地虚掷光阴，真的敢说自己拥有过青春吗？

我也想过，比如早上五点半起床，晚上十点半就寝，睡七个小时；不吸烟；早上运动四十分钟；按时饮食；每天大便一次，大笑一次，深呼吸数次，形成规律；不旷课或基本不旷课；只谈一两次恋爱；不嫉妒，不悲观，不失望，不担忧；自信自尊自强自爱，有终极目标，并为之矢志不渝地奋斗；在不影响他人休息或学习的情况下每天高歌一曲；少饮酒，决不喝醉；宽厚待人；不大手大脚花钱；尊重文化，尊重学者；热爱生活，热爱人类；相信明天，相信爱，相信有些东西可以永恒；乐观向上，不屈不挠……可是这样做，能否塑造出一个我想要的我，这很难说。我就是这样一个不同寻常的奇葩。当然，不要认为我是这样不合群，我还是相当讲究集体主义的人。

我们哈欠连天地守在何良的病床前，恹恹欲睡，又不敢睡得太沉。他们总是问同一句话："几点了？"

王德山问我："四点，去看日出怎么样？"

"好啊。"我说。

我又问郝东："你去不去？"

"去。"他疲惫地说。

到了四点，郝东又打了退堂鼓，他死活不去了，找了个长椅躺下。王德山无奈地笑笑。

我跟着瘦长的王德山离开医院。王德山精神抖擞地望了望远方的苍茫山峦说："我们跑起来吧！"

我们一前一后相距两米，跑出十多里路，又爬上了一座小山坡。五分钟后，太阳露出了一个尖尖的神秘笑脸，越来越大，越来越亮。

天地间洋溢着蓬勃的朝气，涌动着希望。四年来，我唯一一次感受到心灵的洗礼。我为自然的生动与美好而感动。我感到自己的渺小与卑微，同时又感到生命的伟大与壮美。人不能自轻自贱，自惭形秽，要活出风采来！

王德山深沉地自言自语："太美了！多安静！"

我沉默，想到了余思雅和此时一定仍在熟睡中的胡可可。我发觉我没有得到爱情，也未曾给予爱情。

爱情应像太阳一样无私，没有任何隐秘，坦荡而且没有任何邪念。爱情应像初升的太阳那么纯真，有一张孩童般的脸。爱情应像一首直白而又热情洋溢的诗，像普希金的作品一样，充满了激情四射的力量。

回到医院，他们正在吃早餐——热豆浆和油条。我和王德山也去各买了一份。何良没事了，他胃口奇好，吃了十根油条。

郝东问我们："看到日出了吗？"

"看到了，"王德山说，"真是让人陶醉啊！"

"壮观！你不去是个损失。"我补充说。

"不就是个太阳嘛！我晚上看夕阳！"

王德山说："你老态龙钟了吗？"

上午九点，医生又给何良做了检查，然后说："没事了，不用观察了，可以出院了。"

刚刚返回学校，一场大雨就砸下来了。

"怎么突然天就这样了呢？"何良说。

"雨季快到了嘛！"郝东说。

我听说徐亮暗恋一个音乐系的女生，是余思雅的一个小师妹。那个女孩叫乔娜，是大学一年级新生，是新晋校花。胡可可作为老校花，马上就毕业了，这个时候出现了接班人一点都不意外。校花这个称号也是讲究更新换代的。大学生的审美一届一个样，这个乔娜名气太大，我多有耳闻，等亲自瞧见了，所有新奇劲儿却都打消了。我的评价是："不过如此。不就眼睛转得快嘛！叽里咕噜的，再快还能有车轱辘快吗？"

可人一旦被封为校花，那就不得了了。名气就是宝，就像四大古典美人，不一定真美，一旦大家都说美，那就成了美的样板了。我没有口头上抨击这个新晋校花，是她和我同姓的缘故。

最近一段时间，毕业论文搞得兄弟们焦头烂额，我是实打实原创了一万多字，写完后修改了几遍，又往里添了些干货。

论文答辩的时候，我胸有成竹，因为稿子是我自己的东西，对可能问到的各类问题我也都做了充分准备，所以我表述流畅、对答如流。答辩会现场的老师们大部分教过我，对我很熟悉，而且对我印象很好。

他们问我："你这篇论文自己的东西占多少？"

我说："包括引用部分吗？"

他们说："不包括。"

我说："百分之百，都是我自己写的。"

一位漂亮女老师问我："说出十位你心目中的优秀作家。"

我想了一下，回答："阮籍、嵇康、王勃、李贺、杨万里、王实甫、王小波、李敖、卡夫卡、福克纳。"

几位老师相视一笑，漂亮女老师说："他的眼光还真挺特别的。"

教古典文学的曹教授头发都白了，他对我的阅读趣味给予了高度评价："棱角分明，品味奇崛。"

答辩顺利过关后，我突然意识到，大学生活真的要结束了。一想到这一点，我还真有点心里空荡荡的。

08

青春便是多种多样的可能性。别人的青春是一面镜子，能照出自己的全部健康与全部病征。没有十全十美的青春，只要绽放过便好。

——欢子语录

研究生录取通知书到了。我经过慎重考虑，决定放弃读研，去实现演员梦。我和北京的一家规模不大的演艺公司签了约，找工作的事算是告一段落。

他们都说我傻。我说我考研不是为了读研，而是为了证明自己，证明别人行的我也行，谁也别狗眼看人低。

说到底，我是真的不想在大学这个天地里继续消耗下去了。我的求学热情已经丧失殆尽了。

我开始热切地盼望毕业。我们如同热锅上的蚂蚁，焦灼着，找不到出路。

"未来怎么样，谁能知道，生活使我们麻木了思考。"这是朱旭涛写的几句歌词，基本道出了我们当时的心理状态。要说我们没有豪情壮志，那也不合实情，但要说我们没有任何不安，也不合实情。

这一时期，最潇洒的是张戎，志得意满。他走路时把脖子扬得更高了。

"有什么可装的！"郝东愤怒地说。徐亮以为郝东含沙射影，他一声不吭，夹了几本书走了，方才他还悠闲地躺着呢。

"这个人也不怎么样！"郝东在徐亮走后说。

我们各行其是，像没听见一样，不附和，也不反驳。我们已达成共识，谁听郝东放屁谁傻！

我们每年树立一个排挤对象、冷落对象、孤立对象，大一是唐季，大二是徐亮，大三是何良，大四是郝东。

郝东的骄傲、自大和自我感觉良好让我们感到非常不舒服。至少在自己寝室里，人不该这样。惯了他三年多，再也不惯着他了。

谁说年龄小就可以拿到蛮横无理、目空一切的特许证？

社会、学校、家庭治理不了的，不妨由寝室来治理，我们的办法和策略就是打压、奚落、不予理睬，就当他不存在。

毕业酒会上，郝东哭着说："再晚毕业一个月，我非成精神病不可！你们怎么可以这样对我？"

我们一听，个个喜滋滋的。教育目标达到了。

胡可可已经确定去美国了，一毕业就走。

晚上，我脑袋和身子都蜷在黑洞洞的被里，跟她语聊了一个小时，捂出一身大汗。

她一直在笑，心情大概不错，而且她告诉我，猜到了我给她打电话的时间。

"你那么肯定我会打给你？"我说。

"当然。"

"你还那么顽皮。"

"对呀，我比你小嘛！"

我们谈到了过去的穿着，共同仰望的浩瀚夜空，散过步的林荫小路，谈到的往昔情景历历在目。

"我想见你，毕业前和你散散步，以后怕是难找这样的时间了。"我说。

"你那么肯定我会见你？"她笑着说。

"当然。"

"当然。"

"你什么时候学会模仿了？"我假装不高兴。

"那好吧。明天下午怎么样？下午四点，你给我打电话。"

"一定。"我说。

朱旭涛把脑袋探过来问："乔欢，你可真是一个超级情种啊！"

我说："只是散散步。"

"再做做运动。"郝东插话说。他说的"运动"当然不是什么体育运动，我没有理他。

他又说："胡可可那女孩太高傲，乔欢，你高攀不起呀！"

我真想揍他。但是想一想，快毕业了，何必呢！

"像她这样的女生，就算高傲一点也很正常。"朱旭涛说。

"你这个时候见她想说什么呢，欢子？"何良问我。

"我只想解开一个结，不解开，我会不舒服。马上就毕业了，该了结的都要——了了，省着留下负担。"

"你想忘了这一切？"

"就让我忘了这一切……"大家伙一起唱道。伤感的歌曲适合毕业前的氛围。

这和高中毕业时的状态大不一样，那时毕业生高唱《海阔天空》，好像整个地球都是我们的。

短短四载，我们由理想主义者过渡为现实主义者，这是进步呢，还是沉沦呢？

我肯定理想，同时又有深深的怀疑。我怀疑时光，并未在我体内培育起好的种子，而是植入了各种各样的病毒。这个世界，敢于向自我灵魂开战的人是极少的，从这个角度讲，我们大都是不敢正视自我的人，在某种意义上是不够完整、不够强大的人。

而现在，我毕竟仅是一个大脑空空、四肢发达、肺已熏黑的准毕业生。

我得给自己挣面包，给自己制造温暖和希望，也许爱情从此将变得遥远。连自己都朝不保夕，举目无亲，爱情大概只能是南柯一梦、天方夜谭了。然而转念一想，未来是不可预测的，幸福是需要通过奋斗来争取的，不可一味等待。

走好当前的路要紧。

第二天我和胡可可的约会，是在校园里。我们慢慢走了一个半小时，听和风的细语、夏日的虫鸣。许多年轻的身影在某处安安静静的角落，他们在复习备考。忧郁或平静的目光，略带青涩的面孔。

胡可可感叹："学弟学妹看上去好小啊。"

我想起入学时迎接我报到的师哥师姐的成熟模样，不禁会心一笑，也感慨了一番。"无论外表还是内心，成熟都需要一个过程。另外，都说大学是个美容院，进来的都能显得年轻一些。"

胡可可通过了英语专业八级考试，我向她表示祝贺。我们谈论了今日的天气、食堂的变化、毕业前的郁闷无聊，然后得出一个结论：这是个浮躁的季节！是人心使然。我们最后的话题落在余思雅身上。

"你到底喜不喜欢她？"

"说不好。"

"她应该是很独立、很时尚的那一种。"

"嗯，总是带有前卫的感觉。"

"感觉上，你们很般配的啊！"

"感觉不准确。"

"可爱情就是凭感觉的，不是吗？"

"我到现在也没弄懂，什么是爱情。这是最荒唐可笑、最滑稽、最无稽之谈的东西。"

"为什么说得这么严重？"

"可能是有点偏激。"我说。

"不，你说的只是你此刻的想法而已。"她的笑容很美，眼睛还那么明澈动人。

她避开我的目光，依旧往前走，我跟了上去，她的背影有着婀娜美好的轮廓，没有余思雅丰满，却有韵味。

她回头了，然后倒着走了几步，她纯净的凝望像是一种诱惑。一直以来她的无邪之美震撼着我的灵魂。她让我想起"众里寻她千百度"的句子。

"爱情就像人的影子，有太阳的时候你会看到它，确信它的存在；阴沉的世界里，你会怀疑、否定、诋毁它。"我说。

"太阳可以在心里升起呀！"

"也许你可以，"我说，"生活不会满足所有人的愿望，也不会让一个人在人生的不同阶段始终一帆风顺。所以，酸甜苦辣并存，喜怒哀乐交替，生活像云一样缥缈，不可捉摸。人需要把握好自己，这样才能更好地把握生活。"

"谢谢你的话，这对一帆风顺的我来说，也是一种提醒。"胡可可就站在我的面前，我望着她，不由自主地抱住了她。她有一点点挣脱，但放弃了。我轻轻拥住她，感觉到了她的心跳和呼吸。

"还记得你用吉他给我弹唱《灰姑娘》那次吗？"

"记得，那是我最囧的一次。我没唱几句，弦就断了。"

"我觉得你当时弹琴的样子帅帅的。"

"是吗？"

"是，而且你的气质与众不同。乔欢，也许我可以给你一些什么，我想帮你，请你不要这么消沉，从前的你是个有力量的男人——时间，真的那么可怕吗？"

"时间最真实不过，你无法选择回到过去，只能去向未来，就像行驶的火车一样，只要它不脱轨，它就一直向前。其实我的本质没变，我只是需要一些调整，把一些问题想清楚。我这个人只相信生存和本能。本能是快乐的根本源泉，其他都不是。这几年我并未能提升为一个理想化的我，我还是固守从前的我。"

"我现在觉得，你和陈溪挺般配的。"胡可可很认真地说。

"是吗，我怎么不觉得？"

"我想她肯定愿意做你的女朋友。"胡可可眼神清澈如水，此刻她说什么我都不会感到不开心。

"你在替我寻找下家吗？"

"没有，我在寻找接班人"，说完，她止不住笑了起来，笑完她又说，"我就是出于朋友的关切立场才这么说。你总不愿意做单身狗吧？"

"去你的单身狗。"我捏了一下她的脸颊。她的手动作很快，立刻捏住了我的鼻子，我立刻感到鼻子发酸，差点哭出来。

"服不服？"她说。

"服了。"我服服帖帖地说。

记得那天，后来起风了，要下大雨的样子，我和胡可可匆匆分别，各回寝室。我说请她吃饭，她说她晚上吃泡面。

刚到寝室，就电闪雷鸣了，树木被风吹得大幅度摇摆。果然是一场大雨。雨打在玻璃上，声音很响。何良惊叫了一声："看，还有冰雹！最大的有乒乓球那么大，小的也有玻璃球那么大。"

郝东说：“少见多怪了不是！”

我开始吃热气腾腾的泡面，就着胡可可送给我的小辣鱼。他们过来尝了尝，都辣得受不了。我想起高中时吃过的辣面。我吃得脑门、脖子全是汗，而一个好友吃得很快，很香，掺了大半碗的辣椒油，却几乎未见他出汗。我想我跟他比，真是小巫见大巫了。

徐亮也喜欢吃辣的食物，有一回我们去吃麻辣烫，害得他一个星期未大便，而且长了满脸青春痘。

这雨来得快，停得也快，朱旭涛叫我们看彩虹，我抬起头来看，那彩虹恰好在胡可可所在的女生宿舍楼上空。“这些女生毕业后要交好运了。”王德山说。

我们傻乎乎地尖叫。

晚上，我和朱旭涛去洗澡。洗完澡，朱旭涛裹着浴巾躺在休息室里阐述他的人生哲学，说一些诸如人是神性、人性、兽性三者的统一体之类的话。我说我只相信生存的强力和本能的欲望。他说：“你说的跟我说的是一码事。生存的强力就是神性，本能的欲望就是兽性。搞好二者的平衡，就是人性。”

“你还挺会分析呢，说的有点道理。”

回到宿舍，他们刚打完扑克，在吸烟闲聊。不知道谁提议晚上喝酒，纷纷响应。我和徐亮分工采购。

徐亮悄悄地搞来一箱啤酒，还有各种熟食，鸡翅、鸡腿、鸡脖子、鸭脖子、猪蹄、猪头肉、腊肠，还有一些零零碎碎的小吃。我买了几斤五香花生，十个煮玉米，几盒鱼罐头。

一箱啤酒很快就空了，朱旭涛又去弄了六瓶老白干。

这顿酒喝到了接近熄灯的时候，好几个人喝多了。何良唱起了《听海》，跟驴叫似的，非常难听。我抱起吉他，唱了一首《怀念青春》，几个兄弟很有共鸣，纷纷鼓掌，唱完了让我再来一首。我说那就《无情的情书》吧。我唱得很投入，他们似乎听出了歌里的情绪，抽起了烟。

朱旭涛说："这歌有点悲哈！"

我打趣说："这你都听出来了！"

他们拿我开涮，问我到底喜欢谁？能不能给那些深入交往过的女生排个序？我觉得他们的问题很可笑也很可气，就好像我的女友排成队，能排出一百米似的。不过我那点故事也没什么神秘的，我如果不回应，就显得有点装了。

"余思雅吧。"我说。

"你要是真喜欢她，她为什么离开你呢？"朱旭涛说。

这话像一根刺，让我的旧伤疤隐隐作痛。我一时无语。

我们一起去了趟厕所，郝东一边尿一边说："酒这东西，不光是对胃的考验，也是对膀胱的考验哪。"

大家发出一阵狂笑，说郝东是不是肾亏了，被何秀搞虚了，让他如实招来。他们将注意力移到郝东身上，这使我有了喘息之机。窗外漆黑一片，夜幽深难测。

我们都知道，郝东曾经给中文系一位年轻漂亮的女老师写了一首篇幅不短的感人肺腑的情诗，只是那位女老师不知道。等到郝东鼓起勇气想给那位女老师看的时候，那位女老师结婚了。那首诗的名字叫《情书》，中文系的男生都知道这事。虽然结局比较凄美，但是过程还是有几分浪漫的。

"咱寝室进了一只特大的老鼠。"我忽悠他们。

他们都愣了，表情极其可笑滑稽。

"逗你们玩的。"我说。

"给他扒裤子，敢骗兄弟！"

"谁敢动？"我摸出平时耍的链子鞭，明晃晃地一抖，他们都惧了。

"欢哥，欢哥，开玩笑，开玩笑！"郝东说。

我骂道："狗屎，不就扒裤子嘛！我自己脱，你们又不是没见过老子的货！"

王德山制止了我，他厉声说："注意一下形象，都是快毕业的人了！"

"要毕业才开玩笑嘛！你以为我真脱啊？你们还没买门票呢！"

他们哄笑，打起响亮的酒嗝。

"我出一块钱买门票，够不？"何良挤着通红的小眼睛说。

我说："我出两块钱，看看你的猴屁股。"

何良啃着玉米奸笑了几声说："欢哥你真逗，拿我的屁股当红灯了。"

徐亮这时也敢向我发问了，他说："欢哥，余思雅在你心里是第一的话，那谁第二啊？"

"我还没说完第一的呢，并列第一的是胡可可。虽然她们两个最终我都得不到，但是我也不后悔。"我说。

他们面面相觑，像是发现了新大陆一样两眼放光。

郝东说："二哥，你这句话我信。"

"等等，哪能那么容易就信他，我问你，"何良转过小脸问我，"胡可可为什么也分了呢？"

我沉思了一下，梳理着混乱的思路。酒精已使我的大脑昏昏沉沉，我尽力控制自己保持理性，"谁和谁聚了，散了，都是冥冥中有定数。余思雅能让我反省，让我看到自己存在的问题；胡可可能弥合我的伤口，让我相信总有一些东西值得追求。她们都是好女孩，只是我不够好，不懂得珍惜"。

郝东用渴望听故事的眼神望着我，显然我的回答未能满足他强烈的好奇心。"欢哥，我要是有你这颜值，我能把校花、系花、班花都拿下。"

我说："你可行了吧！这方面还是性格至上，知道不？"

郝东说："我靠的是人品。"

此话一出，我们差点都吐了。

"大哥，张小溪暗恋你可有一阵子了。"我说。

为了跳出包围圈，我必须转移兄弟们的注意力。

张小溪是个貌美而又霸气的女生，有演讲天赋，是中文系名嘴之一。而且，她还练过跆拳道，算得上文武兼修的奇女子。

谁都知道，是大哥暗恋人家张小溪有一阵子了，何良给张小溪递过一封大哥的示爱信，未果。张小溪的回复很简单：我有男朋友了，他是博士。

"人家男朋友是博士。"王德山自言自语。

"男人都是'勃士'，"郝东说，"勃起的勃。"

"也有不勃的。"何良说。

传来一片哈哈大笑。

这时的朱旭涛谈风甚健，他毫不躲避，直言这四年只爱过陈溪，但是也没能走到底。我们提了十多个女孩的名字，这些名字都和朱旭涛的浪漫故事有关。他说："那些人，不过是朋友而已，缓解寂寞，有的纯粹就是聊得投机，跟兄弟没什么两样。"

"你的意思是，兄弟有两种，一种有屌，一种没。"何良说。

"别乱用这么贵重的字眼好不好？"朱旭涛说。

"贵重？我咋没发现呢？"何良一边玩手机一边说。

"来，我们一起看看何良一点也不贵的屌。"于是在尖叫声里，何良被脱光了，他的某个器官战战兢兢地望着大家，像是在说："非礼了啊！"

大哥除外，四年里，我们扒过许多人的裤子，包括经常来串门的张戎，他被我们蹂躏过不下五次，这不妨碍他穿戴整齐再来造访。

"这个受虐狂啊！"我们评价他。

最有意思的是郝东，他"不打自招"，主动告诉大家，如果没有何秀，他到今天可能还是个处男。

"处不处男，无从检验，要是谁发明一台处男机就好了，像验钞机能验出假钞一样，验出一群假处男。"朱旭涛说。

"越说越下流了。"王德山说。

"喝酒喝酒。"何良这个机灵鬼最懂得把握喝酒的节奏。

六月初，我又一次和胡可可约会，在一家咖啡屋。老板与我们年纪相仿，染了黄头发，左耳戴了个特大的耳环，说话声音粗粝，听起来像脚踩到干燥的沙地上那种感觉。他边弹吉他边唱一些民谣歌曲，我们不时地看他。他唱得舒缓自然。这一次我和胡可可的话都很少，更多的是用眼神交流，似乎在揣测对方的隐秘想法。

最后老板清唱了一首日本歌《伤痕累累的罗拉》，我们纷纷鼓掌。

"我喜欢来这里，经常一个人来。"胡可可说。

"太孤单了。"

"听听自己的心声需要孤单。"她说。

"你们寝室关系怎么样？"

"不知为什么，她们不大理我了。"

"因为你的未来看上去比她们的好得多吧。"

"怎么会是这个原因？"

"瞎猜的。"

离开了咖啡屋，她要回一趟市内的家，拦了一辆出租车，上车后向我挥一下手。车飞驰而去。

再一次和胡可可见面是在食堂。

"以后我们还是不要见面为好。"她说。

我沉默无语。

"你知道吗？我爸爸一点也不同意我跟你在一起，我妈妈没说同意也没说反对，她就说，你出了国之后眼界就开阔了，不要鼠目寸光，过去的事情都过去了，你得看看前面。"

我心里想，爱上我是鼠目寸光，那我算什么男人呢？这比直接反对的话还要让人憋闷。

我说："你妈说得对啊！我就是一棵校草嘛，毕了业以后，校没了，就剩一棵草了。"

"我看你像狗尾巴草。"胡可可乐了。

"野火烧不尽，春风吹又生。"我故作心态宽松。

"你真的要过那种演艺生活？"

"不是生活，是谋生，生存。"

"有什么区别吗？"

"当然。生活是没有压力的，充分放松的，自由的，逍遥的。生存是一种挣扎状态，是不断地打拼的过程。"我说。

"你不要那么悲观，行吗？"

"我不是悲观，现实就是如此。"

她微笑着说："没有打拼，哪来的自由啊？我说不过你，你好自为之吧。"说罢，她递给我一册影集。

"这是？"

"打开看看。"

我打开影集，看到了十多张胡可可的美照。真是光彩照人！

她说："前几天照的，留个纪念吧。"

"谢谢。"

"手机号还是以前那个吗？"

"对，那个还在用。"

"换号务必告知我，未来多保重！"她说。

"怎么啦，跟我是个征夫你是个思妇似的，我们该吹吹牛皮为未来造势才对！"

"那是你的强项。"她狡黠地一笑。

"是啊，都有点退化了。"

胡可可捋了下长发，说："喂，说正经的，你理想的生活是什么样子的？"

我喝了口饮料，看了看天花板说："盖三层别墅，养一条德国黑贝，再养两只羊驼。"

胡可可差点把饮料喷在我脸上。她说："你不需要女人呀？"

"你不是问理想生活嘛，我说的就是理想的生活。女人嘛，无论理想生活还是不理想生活，都是男人所需。所以，就没考虑啦。那你呢？"

"我啊，有个好老公，有个好工作，嗯，房子一定要按我的意思去装修，装修得漂漂亮亮。再有台宾利跑车，那就完美了。"

我微笑着看着她讲，把她看得很不自在。

这三次见面，风轻云淡。给我的感觉，胡可可已经从我的恋人变成了红颜知己。

比依赖多了些挚爱，比相依多了些自在，这就是胡可可和我的感情。如风似雾，一场轻柔的梦。

后来很多人说我辜负了她。

毕业以后，她的QQ号再未上线，她的手机号成了空号。她的微博、博客很久没有更新，连微信也关闭了。

假如胡可可没有离去，会怎样？假如她还在等着我……

这样想想，我不但未沮丧，反倒像生出了更大的希望。我想，自己要好好活下去，不能做可有可无的人、随时消失于地球而没有任何人为你悲痛的人。虽然可怜的人生也好，高贵的人生也好，同样会流逝，但不如选择后一种人生，让自己多看到一点人生的色彩，为此，吃更多的苦，忍更多的无奈和乏味也无妨。

这几天晚上，我们各自找乐。徐亮打游戏，王德山看电影，朱旭涛去跳舞，何良和我去打台球，郝东去做足疗。他说他的汗脚得捏一捏，不然睡不着觉。

何良说："郝东这货，什么东西啊，把何秀彻底忘脑后了。"

朱旭涛说："他能喜欢何秀，得算重口味吧？"

何良说："他的口味一向比较重。"

朱旭涛嘿嘿傻笑，跟我和何良说："口味最重的是亮亮。"

我一惊，不明白什么意思。

朱旭涛神秘兮兮地说："亮亮喜欢戎戎。"

我忍不住把刚喝到口的茶水喷了出去。

毕业前，我们集体去了东门新开的咖啡厅。

一群愣头愣脑的男人一起出没，有人投来异样的目光。

郝东没来过，把咖啡一口干了，旁边的一对恋人都看傻了。

"太不雅了，"王德山说，"连我都知道，这东西得慢品。"

郝东变本加厉，把皮鞋脱了，他的脚臭是出了名的，很快这空间里弥漫了咖啡以外的奇特味道。许多人在寻找味道之源。直到我们离开，也许还会有人对方才的味道感到迷惑。

我们自知这里不适合我们活动，还是饭馆自在，于是去吃拉面。

我们抽空一起去看望唐季。他看上去气色不错，而且日常交流能力恢复了一些，只是语速很慢。

他问我们："看看我是不是胖了？"

"胖了胖了。"我们说。

"要毕业的感觉怎么样？"

"说不清楚，有点爽，也有点不爽。"何良说。

"良子还那么狗屎，说话像放屁。"唐季说。

我们放声大笑。

何良撅起屁股朝向唐季，做努力放屁状。唐季举起拐杖装作要打，又把拐杖放下了。

然后唐季让我们吃香蕉，我们不吃，说赶着回去看球赛就都走了。

这是我们最后一次看望唐季。临别时，他的眼神变得空洞，他似乎预见到我们不会再来。

我每天骑着共享单车进行环城之旅，这才发现，我忽略的城市细节太多了，好多地方没转过。

花市、鸟市、鱼市、土特产品街、古玩街……

有一天，我在人民公园的湖边骑行，爽风拂面，好不惬意！正当我眯着眼晃着身子哼着小曲往前骑的时候，忽然听见有人喊："快来人！快救人！"

我循声一看，见拱桥那边聚集了几个人，朝桥下观望，那几个人表情急切，喊声就是从那儿发出的。我急忙撂下车跑过去。我问："出什么事了？"

一个中年妇女说："刚才一个女孩子从这儿跳下去了。你看，还能看见头发的影儿。"

我二话不说，直接跳了下去。

等我把人拉上来的时候，感觉身上一点力气都没有了，体力已经透支了。没想到水下救人是这么消耗体力。我的游泳技术是跟王德山学的，只学了些皮毛，而且并不高明，但是能发挥这么大的作用，也很令我自豪。

这事我一直没说，直到报纸上边出现了一张我救人上岸的照片，然后我顺理成章被评为我校"大学生道德模范"之一，我们宿舍的兄弟才知道。

他们说："你做了好事咋不说呢？"

我说："换成你你不去救啊？"

他们没话说了。

这些天，过得如同一天；大学四年，过得如同一星期。假如大学只有一星期的话，我该怎么度过呢？

睡眠不可少，洗脸刷牙也不可少。除了这些，还得认识一下环境吧，同学和老师，这又占去不少时间。吃吃饭，扯扯皮，健健身，喝喝酒，时间就所剩无几了。还得给发呆、幻想、玩手机留一点时间。谈恋爱怕是来不及，找个临时伴侣也不容易。展现风骚本领、出一两次风头的时间应该还是有的。

四年正好，不多不少恰好完成了一个完整的起承转合，像一个春夏秋冬的循环。大学四年，还真有那么点儿春夏秋冬的色彩。一年对应一季。

我正在翘首企盼新的春天。我的脚踩在冬天的尾巴尖上，我用力踩，希望听到它嗷嗷的叫声。

经过四年汉语文化的浸润，我系女生更具知性的美了。

美本是好风景，但是太匆匆。

文学社的新任社长邀请我们这些中文系老大哥去看他们的翰墨展，

他们的诗写得很惊艳，社长的书法写得意气风发。我表示高度赞赏。

毕业倒计时十五天的时候，我们宿舍凑了三千块钱，又拉了七千块的赞助，张罗举办了一场"告别青春演唱会"。我们反复排练了一个星期。

何良那天特别嗨，他唱的是《夜空中最亮的星》《浮夸》。这小子的爆发力很强，我们刚开场，气氛就嗨爆了。王德山比较文艺范，他那天穿着白衬衣，特意请来张戎合唱《一生有你》《青春再见》，俩人活脱水木年华的翻版。徐亮是汪峰的粉丝，用他的话说，他唱汪峰作品时最有感觉。他带来了《春天里》《存在》。张小溪串场主持并演唱了《向往》《春风十里》，她同寝室的姐妹大声呼喊她的名字，个个很兴奋。

陈溪唱起《半壶纱》《风筝误》，一身古代大家闺秀的装扮，轻妆淡抹，美极了。郝东出场，唱起《告白气球》《后来》的时候，观众席中的何秀哭成泪人。

胡可可和我合唱《凉凉》《远走高飞》，腾起的烟火无比绚烂，照亮了我们年轻的脸。我多么希望余思雅能够看到，我们投入生命、投入全部热情的表演。

我唱起《光辉岁月》《讲不出再见》的时候，台下观看的万名同学热情地合唱，大学四年的一幕幕在我眼前回放，不知不觉地，我已泪流满面。

最后我们集体演唱《平凡之路》。朱旭涛那天练歌时忽然失声，无法表演，他泛着泪光为我们伴奏。

青春就像花的盛放，美丽、生动，充满希望，当它从最绚烂的一刻告别，虽然花朵犹在枝头，但也掩不住无奈与伤感。青春就是如此，到了说再见的时候，也是说不出再见的时候。青春无须告慰，也没有语言能够告慰青春。青春也像远去的河流，无声无息，当它走远的时候，你才想起，不曾说过一句挽留的话。就这样略带麻木地，百感交集、五味杂陈地，再见了。

09

　　今天是即兴演讲，主题是"青春"，老师让我说说，那我就说说。在我看来，青春就是青涩的年华，就是不成熟还佯装成熟，就是碰了壁还说我愿意，就是做不了主还硬要做主，就是死活不听劝还说"我死活和别人无关"，就是狂妄自大加上心中无数，就是心比天高加上茫然无措，就是耍帅耍酷加上放纵不羁，就是假聪明真糊涂和聪明反被聪明误，就是你想忘却而又常在嘴边自吹自擂、夸大其词的已逝时光。青春是不可能完美的，所以不要奢望地球围着你转。无论你多强，也别自大，因为没有你地球照样转；无论你多么普通，也别自卑，因为你可以成为地球上独一无二的你。

——欢子语录

大四期间，我去找校长五六次，都没找到。我把我出版的书签了名，想送给他一本。他的助理说："我替你转交吧。"

我说："好。谢谢您！"

后来辅导员见到我时说："你应该再去找校长一次。"

我没再去，因为失去了找到他的信心。照毕业照的时候，见到校长了，我是主动跟他合影的两个学生之一。他很有魅力，也很和蔼。他说他知道我。我说我找过您，您太忙了。他问了问我的籍贯和家庭情况，然后副校长为我们照相。

一位退休多年的中文系元老看过我的作品，他找到我，劝我留校，正式跟我说这是学校的意思。

我说我想看看外面的世界，想闯一闯。

他感到惋惜，同时也表达了对我的祝福。他说："大学的水池太小，想飞就飞吧。有能力的人去哪都是好样的，祝你事业有成！"

我说："其实我非常在乎这个机会，而且经历过内心的激烈斗争才做出了选择。请您理解，感谢母校的厚爱！"

他说："别说本科生啊，就是硕士、博士都不一定有这好机会啊！"

我这么选，其实一个原因是想离余思雅近一点，还有一个原因是这里承载了我青春里太多的伤感记忆，是我的伤心地。我想逃离。这已经不是就业层面、机遇层面的问题了。再说，人贵有自知之明，虽然我不知道自己最适合做什么，但是我知道自己不适合做什么，我还是不去误人子弟为好。

有半个月的时间，我经常做同一个梦，梦里只有我和余思雅。

余思雅开着一辆红色的跑车，载着我，穿越许多个城市，我问她去哪儿，她说去有海鸥的地方。

"还有多远？"我问。

"不远，就要到了。你没嗅到海风的气息吗？"

我仔细地嗅，嗅到的是绵羊的气息。

车继续向前。在一个拐角处，上面是高山，下面是断崖，车在窄窄的山路上行驶，有惊无险。我的心提到了嗓子眼儿。

"还有多远？"我又问。

"不远，就要到了。你嗅到海风的气息没有？"

"嗅到了。"我撒了谎。

正在这时，山路不见了，车停下来了，车窗外是金色的沙滩，蓝色的大海，无数的海鸥。

"这里美吗？"

她仰起可爱的脸。

我不回答，低下头吻她，她消失不见了。

"你在哪儿？我看不见你。"

"这里是不是很美？"

"和你一样美，别再捉迷藏了，好不好？"

红色的跑车瞬间开动，飞速驶向大海，车里是余思雅。

我追在后面，拼命地跑，可赶不上。车和海都在远离。

车消失在大海之中。

我无限怅惘地坐下来，精疲力竭。

涨潮了。我向岸上奔跑。

海水比我快，漫过我的腿。最终我漂浮起来。

周围有彩色的鱼游来游去。我朝它们吹口哨。

突然，一条鲨鱼窜过来。

我惊醒，浑身是汗。

黑暗里传来徐亮骇人的呼噜声。

我突然想忘却沉重的过去，我感觉到沉重、窒息，喘不过气来。

我对毕业的盼望压倒了一切。

"毕业，最怕的就是情感负债。"郝东这句话说在他和何秀因签约单位相隔甚远而痛苦分手之后，对我倒是蛮有启示。

转眼，距离毕业还剩一个星期。

宿舍白色的墙，经过时光的洗礼，已染成了烟熏的黄。

毕业前一晚的散伙饭，我们吃得很伤感，酒也没喝多少。点了一桌子平时不敢点的菜，没吃出什么好味道来。

恩恩怨怨都成了过往云烟，明日皆散，各奔东西。今日杯中之酒冰释了所有，不好的记忆，好的记忆，我们都在酒桌上一一提起，最后还是回到了一些痛苦的话题。

我们给不能到场的唐季留出了座位，倒满了酒。伤感弥漫，无处不在。

"天下没有不散的筵席，相逢的人还会再相逢。我很高兴，兄弟们都成熟了，都很健康，都很阳光，来，为了成熟、健康、阳光，干了这一杯！"王德山先喝干，缓缓坐下。我们也都喝干。

每个人都要说几句话，说什么都行，但不能不说。"四年了，什么样的日子我们都经过，我对未来很茫然，但是现在，我要快乐一点，面对分别，我们应该欢笑，应该祝福彼此。新一届本科生新鲜出炉，又甜又香。"他们哈哈大笑之后，我接着说，"滚滚长江东逝水，浪花淘尽508。是非爱恨转头空，德山依旧在，唐季杳无踪。花园树林操场上，惯看秋月春风。一壶浊酒喜相逢，四年多少事，都付笑谈中。"我随口胡诌，戏谑调侃，然后大家嘻嘻哈哈一起碰杯。

然后是朱旭涛，他的声音嘶哑，像刚刚穿越了撒哈拉沙漠似的，他说："这是不成功的四年，是混乱的四年，乱七八糟、无所事事的四年，但是也很精彩，我没违背自己的意愿做事。如果说收获，可能就是让我知道自己喜欢什么样的生活吧。"

何良接着说："都是过去时了，说那么伤感干啥，我觉得我还是挺留恋大学的，但不可能重来一次。欢乐与悲哀对等存在，哪一个更多这无所谓，总之，这是我们一起走过的日子！一天是兄弟，一生是兄弟！这缘分放这儿了！"他指指自己的膀胱位置。

我说："你应该往心脏这儿比画。"

他说："我心脏下垂。"

大家哄笑，喝酒。

郝东站起来说："我没有诸位兄长那么有文采，我只想说一句，以后不管走到哪里，相距多远，我们还是好兄弟，一辈子的朋友！"

话语恳切，众人鼓掌，一饮而尽。

徐亮从厕所回来了，埋怨郝东抢了先，之后说："我是咱寝室的徐老五，我是半道来的，我在507宿舍不受待见，他们说我是娘炮。"说罢，他比了个兰花指，我们都乐了。"但你们从来不这么说我。我在508宿舍感觉特别温暖。真的谢谢哥几个。我真的没想到我能考上研，我得感谢大哥的精神鼓舞了我，感谢所有兄弟对我的照顾，尤其感谢欢哥没少鼓励我，也很感谢大学对我的培养……"他哽咽了，本来大家不满意他最后一句的客套话，但还是颇为感动，鼓了掌，喝尽了酒。

沉默。饮酒。

唐季在电话里发言，他说："咱们寝室是全校最尿性、最团结的寝室，咱们不能就这么散了，多少年后，再聚一块儿，必须得喝个人仰马翻。到时候我拿一万块钱请你们喝酒。最后再说一句，508寝室是最牛的！"我们都乐了，心想，到这时候还吹呢！

我们边笑边喝。再喝下去，我们又陷入忧伤，谈起未来都有一些惆怅。何良的插科打诨没能引发我们捧腹，朱旭涛的一曲《菊花台》感伤凄怆，越听越令人伤心。我把一首《难舍难分》唱得支离破碎，不知是酒意浓还是太感伤。

我和朱旭涛推心置腹，讲到四载岁月的某些片段，彼此抱头痛哭。我们的眼泪噼里啪啦落下，打湿了地面好大一片。他说他再也做不成歌手了，我说你可以搞词曲创作。他说好，他写歌我来唱。我说那敢情好，我正想试试演艺这条路，就算失败了，也不枉青春一回。后来说到余思雅的时候，仿佛有一万把飞刀飞来，直奔我的心口。四年里，有的人收获了满满的幸福，有的人收获了满满的凉意。青春就是用来换取成长的。我想我离开以后再也不要回来了。这顿酒喝到下午四点才结束。曲终人散的时候，我的心情稍有好转。外面的天气晴好，路人打着遮阳伞，我们打了两台车返校。

回到寝室，朱旭涛他们打扑克，我和郝东收拾着自己的东西，该扔的扔，该留的留。一切整顿停当，我塞上耳机听音乐。

这一晚，我几乎没有睡着，时而心乱如麻，时而内心空空如也，无所依凭。

听着汪峰的《光明》，我竟突然有些找不到光明，内心充满迷茫感和无助感。我以前从来没这么脆弱过啊！前方是什么？未来是什么？我不知道。我只知道今天会过去，明天晚上我会踏上新的旅程。

我和他们不同，他们都有一两个月的缓冲时间，而我没有，按合同，我得直接奔赴生存的前线。

第二天中午，很多饭局都让我推了。早不请，最后一天扎堆请，只好都不去了！

寝室里，大家坐在一起，手里夹着烟，撅着屁股，说着一些温暖的废话，还没说完就都乐了。我们知道，时间就是这么残酷，分别容易，相聚难。

痛苦的记忆，我不想再想起，因为不想触碰伤疤，内心尚未与伤疤和解；美好的记忆，我不想诉诸语言，因为语言太苍白，它负载不起动人的青春画面。往事如烟，如破茧的蝴蝶，不知飞向何处，或灿烂或萎靡的虚无。

一些人，已不再重要。我带不走记忆，带不走忧伤，只能带走手机里的照片，它们会在某一个宁静时刻打开我的青春之锁，使我被囚禁的往昔重又活泼地旋转起来。然而一些碎片般的镜头完不成岁月整体的拼合，回忆往往徒劳。

生活终于神不知鬼不觉地完成某种断裂，异常干脆。断裂处整整齐齐，没有藕断丝连。

我在日记本上盘点了自己四年来所取得的荣誉：校棋牌社中国象

棋、国际象棋比赛双冠军，校园歌手比赛第二名，大学生辩论会最佳辩手，中文系演讲比赛亚军，冬季越野长跑比赛第五名，本校运动会跳高冠军（打破校纪录），校花、校草大赛男生组冠军，校"大学生道德模范"之一，"时代青年"才艺大赛第一名（展示传统武术、动画配音、吉他弹唱、时装走秀、国画花鸟画五项），"飞跃"杯校园文学大赛特等奖，省级通俗歌手大赛第二名，出版长篇小说一部，组织本校首届"情诗大赛"。

这样一盘点，我的自信心陡升。要说德智体全面发展，没有比我乔欢更有说服力的人选了。我平时吊儿郎当怎么了，干正事我从来没掉过链子。

第二天的毕业典礼，我一直心不在焉，不知在想些什么，突然看见了胡可可，她穿着白色连衣裙，楚楚动人。

四年时光，飞逝如电。毕业，到底意味着什么？我问自己。意味着瓜熟蒂落，还是踏入重生之门？我这个瓜从来就没熟过，也不相信未来会神奇地让我获得拯救，可我知道，我会以我的方式活着。

我会把生命中最温柔的部分继续与人分享，我会义无反顾地为生存的微光而努力，绝不放弃。卑贱也好，高贵也好，我得守住自由，也许正是这个执念，让我至今仍是个不折不扣的单身汉。

我用手机订了当晚的火车票。动车车票相对好订。订好票后，我听了会儿音乐。

下午五点，郝东非要拉着我去吃饭。在去吃饭的路上，我见到了胡可可，她表情落寞，形单影只。我跟她四目相对，却无言语。再往前走，我又看见了陈溪，她一身朝气，旁边还跟着一个皮肤白皙的小师弟。

郝东嬉皮笑脸地悄声对我说："这小师弟艳福不浅，嘿嘿……"

这一天，我毕业了。提着巨大的皮箱，如同提着巨大的空虚，一个不确定的未来向我徐徐展开。毕业，就像火车到了终点站，一车人匆匆下车了。

出租车尚未抵达车站，一场暴雨就势不可当地降临了。闪电锐利，转瞬消失。

候车室人满为患，很难找到一个安静的角落。手机响了很多次，我没有接听，不知道谁打来的。此刻我只想安安静静地等待上车。

快上车了，胡可可出现了。她的脸上不知是雨水还是什么，她递给我一个塑料袋，里面是食品和饮料。

"我买了。朋友之间不用这么客气！"我平静地说。

"这点东西你拿着，到北京记得跟我联系，一路顺风。"她说。

她走了，走得很快。

外面还下着雨。检票，上车，凝望窗外。多么酣畅淋漓的雨！白茫茫一片，车窗上滚过无数的水流，有的交汇，有的无法交汇，都流向了别处。我恍惚觉得我的青春就像那些无法交汇的水流，迅速流去，从我的视野里消失。青春，再见。